SPANISH *sul treinta* P9-DWE-796

Tienes miedo de todo,
menos de lo que más te debería asustar.

CARSON CITY LIBRARY
900 North Roop Street
Carson City, NV 89701
775-887-2244
JAN 2 9 2015

EN LAS PROFUNDIDADES

JUDE WATSON

A los Irregulares de High Street

J. W.

DESTINO INFANTIL Y JUVENIL, 2012
infoinfantilyjuvenil@planeta.es
www.planetadelibrosinfantilyjuvenil.com
www.planetadelibros.com
Editado por Editorial Planeta, S. A.

Título original: *In Too Deep*
© Scholastic Inc, 2009
© *In Too Deep*, Scholastic Inc. Todos los derechos reservados.
La serie THE 39 CLUES está publicada en acuerdo con Scholastic Inc.,
557 Broadway, Nueva York, NY 10012, EE. UU.
THE 39 CLUES y los logos que aparecen en ella son marca registrada de Scholastic, Inc.

© de la traducción: Zintia Costas Domínguez, 2011
© Editorial Planeta S. A., 2012
Avda. Diagonal, 662-664, 08034 Barcelona

Primera edición: marzo de 2012
ISBN: 978-84-08-10768-2
Depósito legal: M. 1.461-2012
Impreso por Huertas Industrias Gráficas, S. A.
Impreso en España – Printed in Spain

El papel utilizado para la impresión de este libro es cien por cien libre de cloro
y está calificado como papel ecológico.

No se permite la reproducción total o parcial de este libro, ni su incorporación a un sistema
informático, ni su transmisión en cualquier forma o por cualquier medio, sea éste electrónico,
mecánico, por fotocopia, por grabación u otros métodos, sin el permiso previo y por escrito
del editor. La infracción de los derechos mencionados puede ser constitutiva de delito
contra la propiedad intelectual (Art. 270 y siguientes del Código Penal).
Diríjase a CEDRO (Centro Español de Derechos Reprográficos) si necesita fotocopiar o escanear
algún fragmento de esta obra. Puede contactar con CEDRO a través de la web
www.conlicencia.com o por teléfono en el 91 702 19 70 / 93 272 04 47.

CAPÍTULO 1

El sonido del agua al correr inundaba los oídos de Amy Cahill. Con los ojos cerrados, pudo imaginarse a sí misma bajo una preciosa cascada tropical. Por desgracia, estaba escondiéndose en el cuarto de baño de un aeropuerto.

Se encontraba en uno de los compartimentos, tenía las piernas levantadas y trataba de sujetar la mochila entre las rodillas. Se oían cisternas y grifos y muchas maletas con ruedas persiguiendo pies que corrían apresurados. El aeropuerto de Sydney, en Australia, era un lugar muy concurrido. En situaciones como aquélla, eso siempre era bueno, pues así es mucho más fácil esconderse entre la multitud. En caso de necesidad, un cuarto de baño es el lugar ideal para despistar a cualquier espía. Bueno, siempre y cuando no te importe subirte a un inodoro y agacharte durante quince minutos.

Despistar a los espías. Pocas semanas antes, eso significaba impedir que su hermano pequeño, Dan, le leyese su diario personal. Ahora todo era muy real. Demasiado real para una niña de catorce años.

Amy echó un vistazo desde su escondite. Hacía algunos minutos que un grupo de adolescentes había entrado en el servicio. Ahora estaban charlando en francés mientras se lavaban las manos y se arreglaban frente al espejo. La guía gritó: «*Allons-y!*». Sin dejar de hablar y reír, las muchachas comenzaron a caminar con sus maletas de ruedas hasta la salida.

Era una oportunidad perfecta. Amy salió silenciosamente de su escondite y, mostrando una sonrisa a una de las niñas francesas, se infiltró en el grupo. Había mujeres entrando y saliendo del baño constantemente, y la líder del grupo chocó contra una señora australiana y sus cuatro hijas. Amy se coló en medio de la multitud en cuanto salieron.

Trató de mantenerse entre la puerta y el grupo de francesas. Una vez en la zona de recogida de equipajes, la joven se agazapó en una cafetería. Examinó el pasillo buscando caras familiares... o a algún desconocido sospechoso.

Todo parecía normal. El único problema era que lo normal no era necesariamente bueno, pues su nueva normalidad era que cualquier persona podía constituir una amenaza.

¿Y aquella familia japonesa de los zapatos bonitos? ¿O la pareja de mochileros estadounidenses con camisetas a juego? Tal vez sea la mujer de mediana edad que va disfrutando de su magdalena, la madre que empuja el cochecito o, incluso, el hombre que se detiene para marcar un número en su teléfono móvil.

Cualquiera de ellos podía estar persiguiéndolos, a ella y a su hermano, Dan. Cualquiera de ellos podría ser un Cahill. Amy nunca habría imaginado que su propio apellido podría causarle unos escalofríos tan espeluznantes.

Todo comenzó con la lectura del testamento de su abuela. Desde entonces, había estado huyendo de un continente a otro, escapando de sus propios parientes. Su abuela, Grace Cahill, había propuesto un desafío a todas las ramas de la familia: unirse a la caza de las 39 pistas y convertirse en la persona más poderosa del mundo... o marcharse con un millón de dólares en el bolsillo. Amy y Dan habían escogido la competición. El dinero no habría estado nada mal, pero ellos sabían que su abuela quería que ganasen la prueba.

No tenían ni idea de en qué se estaban metiendo. A veces, la muchacha se paraba a pensar qué le había dado más miedo de todo lo que había hecho en la búsqueda de las 39 pistas. En realidad, no fue cuando casi la entierran viva, ni cuando estuvo a punto de ser atropellada por un tren... ni siquiera aquella ocasión en que se quedó encerrada en la tumba de una momia. Lo cierto es que todas esas cosas le habían pasado a ella... y había sobrevivido. Pero quizá lo que más la asustaba era el hecho de tener que desconfiar de todas las personas del mundo. Amy y Dan habían aprendido a base de palos que ninguno de ellos podría ser jamás una fuente de información.

¿Seguiría siendo así durante el resto de su vida? ¿Siempre tendría que protegerse la retaguardia? «No pierdas los papeles ahora», le habría dicho Dan. Él era tres años más joven, pero ella lo necesitaba de vez en cuando para que le pusiese los pies sobre la tierra. Amy se apresuró.

Habían acordado reunirse en la parada del autobús. En cuanto el avión de Moscú aterrizó, Amy, Dan y su niñera, Nella Rossi, se separaron. En lugar de salir corriendo para coger un taxi, decidieron pasearse un rato por el aeropuerto para despistar a los posibles perseguidores.

Una corazonada los había llevado hasta Sydney. Fue en Rusia donde descubrieron que sus padres habían visitado el país utilizando pasaportes australianos con nombres falsos. Mientras caminaba por el ajetreado pasillo, pensaba en la fotografía de ellos que Nataliya, la agente Lucian, les había enviado. Ella y su hermano se la habían estado pasando el uno al otro todo el tiempo porque los dos querían poder verla cuando les apeteciese. Como sus padres habían muerto en un incendio en la casa familiar, todas las fotos que tenían de ellos se habían quemado. Todas excepto una, y ésa la había perdido Dan en París.

Desde el momento en que vio esa imagen, pequeños recuerdos iban y venían por su mente. De repente, recordó pequeñas cosas, como cuando «tomaban el desayuno en la cena» los jueves por la noche, o que su madre siempre llevaba rotuladores de colores en el bolso para que pudiesen dibujar en los manteles si algún día comían fuera. O aquella vez que hicieron joyas con papel de aluminio... y llevaron las coronas a la tienda de comestibles. Casi había olvidado lo chiflada que estaba su madre.

Sus padres habían estado en ese mismo aeropuerto hacía más de ocho años. Habían caminado por esos pasillos. «Mamá, papá, ¿a qué habíais venido?»

Era posible que se estuviesen desviando de su camino. Quizá este viaje no los llevase hasta ninguna pista, ya que no tenían ninguna prueba de que fuese a hacerlo. Sin embargo, habían tenido claro adónde dirigirse desde el momento en que vieron esos pasaportes. Ni siquiera tuvieron que mediar palabra.

Su único contacto en Australia era un primo de su padre, Shepard Trent. Ellos dos habían crecido juntos, así que siempre lo llamaban «primo». Sabían que vivía en Sydney, y que si sus padres habían estado allí, de ninguna manera se habrían ido sin antes visitarlo. Por eso, la primera parada era el primo Shep.

El único problema era que aún no habían logrado contactar con él. Su teléfono ya no funcionaba. Nella había conseguido una dirección a través de Internet, pero no tenían ni idea de si era la actual.

Amy se dirigió al punto de encuentro. Ya habían decidido que el transporte público era mejor opción que coger un taxi. Con un poco de suerte, podrían esconderse entre la multitud de turistas.

—¡Asaremos un buen canguro con esa barbacoa, amiga!

Amy hizo una mueca al escuchar un acento australiano tan falso. Se sorprendió al ver a Dan vestido con un sombrero de camuflaje y una chaqueta de safari. Llevaba una serpiente de goma colgada alrededor del cuello.

—¿Realmente crees que así vas a pasar desapercibido? —susurró ella, quitándole el gorro de la cabeza y metiéndolo en el bolsillo lateral de su mochila.

—¿Y qué querías que hiciera? ¡Es todo lo que había en la tienda del aeropuerto! —protestó Dan—. Tenía que comprar algo. ¿Sabías que en Australia hay más criaturas mortíferas que en cualquier otra parte del mundo? Fíjate en esta serpiente, es una taipán. Su veneno puede matar a unas dos mil ovejas... ¿o eran doscientas? Es igual, la cuestión es que si te muerde una de estas pequeñas, o te llevan a un hospital por vía aérea o, si no, prepárate para sufrir una horrorosa muerte aquí mismo.

A modo de demostración, Dan sujetó fuertemente la serpiente y, con los ojos en blanco, comenzó a emitir ruidos guturales y a aguantar la respiración.

—¡Aaaggghhhh! —gritó el muchacho.

—Aquí estáis, justo a tiempo. Es un milagro —dijo Nella, que acababa de llegar. Ignoró completamente a Dan, que tenía los ojos medio salidos, la cara completamente roja y no dejaba de hacer ruidos—. Ya le estoy cogiendo cariño a este lugar, ¿vosotros no? Acabo de comer el mejor pastel Lamington de mi vida —añadió la niñera, lamiéndose el chocolate de los dedos—. Es incluso mejor que una buena rosquilla.

Durante su última noche en Moscú, Nella se cortó el pelo con unas tijeras de cortar uñas, así que ahora lucía un peinado pelo-pincho, mitad rubio y mitad moreno. Se pasó los dedos por él, levantándose las puntas más que nunca.

Dan se tiró al suelo, haciéndose el muerto.

—He comprado algunas postales —continuó Nella, que pasó por encima de Dan para enseñárselas a Amy—. Australia es espectacular. Me pregunto si tendremos tiempo para pasarnos por la playa.

Dan se levantó de un salto.

—¡El pulpo de los anillos azules! —exclamó—. ¡Causa una muerte instantánea!

—Hay un autobús que va a la Estación Central de Sydney —informó Nella, desdoblando un mapa—. Después podemos coger otro para ir a casa de vuestro primo. Creo que es la manera más rápida. Ya tengo la ruta planificada.

—Estupendo —respondió Amy.

—Hasta un ornitorrinco podría matarte si no te andas con cuidado —añadió Dan—. Este lugar es increíble.

Salieron a la luz del brillante sol australiano e hicieron cola para entrar en el autobús. Después de las grises nubes de Rusia, la suave brisa y los cielos azules les habían levantado el ánimo.

Nella sujetó el transportín frente a su cara y le ronroneó a *Saladín*, el gato:

—Buenos días, amigo —dijo, imitando el acento australiano—. Pronto estarás comiendo atún, te lo prometo.

Como respuesta, *Saladín* ofreció un «mrrp» mientras el autobús se detenía frente a ellos, haciendo chirriar los frenos. El maullido del gato sorprendió a la anciana que estaba a su lado, que dio media vuelta y preguntó:

—¿Qué es eso, muchacha? ¿Un exótico pájaro australiano, tal vez?

Echó un vistazo más de cerca al transportín del gato mientras buscaba un pañuelo en su bolso.

—No es más que un gato —explicó Amy, tratando de disculparse—. Creo que tiene hambre.

—Oh, me encantan los gatitos. —La mujer avanzó hacia el autobús arrastrando su maleta roja y siguiendo la fila de turistas, que ya estaban entrando.

En voz baja, Amy dijo a su hermano:

—Espero que el primo Shep aún viva ahí, porque si no, no tengo ni idea de cómo encontrarlo.

—En ese caso, podemos esperar fuera de las tiendas de surf —respondió Dan—. Tarde o temprano lo encontraremos.

A Shep le encantaba surfear. Cuando lo conocieron, los dos hermanos eran aún muy niños, así que Amy no recordaba mucho de él y Dan, aún menos. No había podido asistir al funeral de sus padres siete años antes. Sin embargo, una de las colecciones que Dan había dejado en Boston era una pila de postales que Shep había estado enviándoles, durante todos esos años, de lugares como Bali u Oahu. Siempre había una enorme ola en primer plano.

Se subieron al autobús y colocaron sus mochilas bajo los asientos. La anciana de la maleta roja abrió su mapa detrás de ellos y el vehículo arrancó.

El mapa rebotó en la cabeza de Amy.

—Vaya, lo siento, querida —se disculpó la mujer—. Acabo de golpearte con las Montañas Azules.

—No pasa nada —respondió la muchacha—. No se preocupe.

—¡Estadounidenses! ¡Lo sabía! ¡Qué gente tan simpática! Una vez estuve en Kansas City. Una barbacoa excelente. ¿Vosotros sois de Kansas, por casualidad? ¡Qué lástima! —La mujer comenzó a murmurar algo para sí mientras volvía a centrarse en el mapa. De vez en cuando volvía a golpear a Amy, pero ella lo ignoró.

A medida que el bus se acercaba al centro de la ciudad, el tráfico comenzaba a arremolinarse a su alrededor y el estruendo general iba en aumento. El cambio, en comparación con Moscú, era sorprendente. En el exterior, la gente caminaba ligera y atlética. Todo el mundo llevaba ropa veraniega y de colores brillantes, y charlaban y se reían con sus acompañantes. Parecía como si en Sydney, todo el mundo estuviera siempre contento y en forma.

—Ahora entiendo por qué ellos lo llaman Oz —opinó Dan—. Es que esto es totalmente irreal.

Nella mantuvo la vista fija en el mapa y en las diversas paradas. Amy prestó atención a las señales.

—¿Vive Shep cerca de Darlinghurst? —preguntó la joven Cahill.

—¿Estás practicando tu inglés, Amy? ¿A quién vas a llamar «cariño», o sea *darling*?

—Darlinghurst es una zona de Sydney, tonto —respondió ella.

—Puedes llamarme tonto, estaré contento mientras no me llames *darling*.

La simpática mujer de detrás se levantó al ver que se acercaban a una parada. Arrastró su maleta, guardó su mapa y se despidió de ellos.

—¡Hasta la vista muchachos! ¡Disfrutad del viaje!

—¡Usted también! —exclamó Amy, diciéndole adiós con la mano. Las puertas silbaron al cerrarse.

Nella consultó el mapa de nuevo.

—Estamos cerca de Circular Quay. Sólo nos faltan un par de paradas para hacer el transbordo al otro autobús.

Amy se inclinó hacia adelante para leer el mapa. Había algo diferente. Echaba en falta un peso familiar...

—¡El collar de Grace! —Amy sintió que se debilitaba al tiempo que sus manos se abalanzaron sobre su cuello—. ¡Lo he perdido!

—¿Estás segura? —preguntó Nella, buscando en el asiento.

Amy no pudo responder. Tenía un enorme nudo en la garganta y estaba haciendo un enorme esfuerzo por no llorar. El collar no era una joya cualquiera. Era algo que Grace había adorado. Cada vez que la muchacha lo tocaba, le traía de nuevo la vigorizante presencia de su abuela y sentía una conexión con la valentía de la propia Grace.

El autobús cogió una curva mientras Amy rebuscaba frenéticamente por el suelo.

—¡No está aquí!

—¿Qué es lo último que recuerdas de él? —preguntó Nella.

—Cuando esperábamos al autobús —dijo Amy, haciendo memoria—, lo metí por debajo de mi camiseta.

—No ha desaparecido —dijo Nella—. ¡Te lo ha robado esa anciana!

—¿En serio? Era tan dulce. No dejaba de golpearme con el mapa en la cabeza ni de disculparse... —Amy se quedó boquiabierta.

Nella asintió.

—Así es. Trataba de distraerte.

Dan comenzó a golpear el botón de parada que tenía en su reposabrazos.

—Vamos allá. ¡Tenemos que darle una patada en el culo a esa anciana!

CAPÍTULO 2

La mochila de Dan iba chocando contra su espalda mientras corría. Le sentó bien moverse de esa manera después de pasarse un millón de horas en el avión. El único problema de viajar tanto es... el viaje. Bueno, eso y la falta de helado de cereza en los aviones.

Nella lo adelantó fácilmente, a pesar de que en una mano llevaba el transportín de *Saladín* balanceándose hacia adelante y hacia atrás, su mochila sobre la espalda y el macuto golpeándole la cadera con cada paso. Aunque pareciese que Nella se pasaba el rato comiendo y durmiendo, la verdad era que estaba realmente en forma. No hay nada como tener una niñera-soldado.

Llegaron a la parada de autobús donde se había bajado la anciana y la buscaron frenéticamente, pero no había ni rastro de ella. Los peatones circulaban alrededor de ellos, caminando apresuradamente, sonriendo, riéndose y charlando los unos con los otros. Una mujer alta y elegante que llevaba unos zapatos de tacón de ante verde se acercó hasta allí para observar un edificio interesante. No había ninguna anciana ladrona provista de un mapa.

Dan vio algo rojizo entre unos arbustos y corrió hacia ellos.

Se encontró la maleta roja que llevaba la mujer y la sacó de allí. Era sorprendentemente ligera. Cuando la abrió, comprobó que estaba vacía.

Dos manchurrones rojos aparecieron en las pálidas mejillas de Amy, como si alguien le hubiera propinado un par de bofetadas. Dan conocía esa señal: su hermana estaba intentando no llorar.

—He perdido el collar de Grace. ¡No puedo creerlo! —Amy se desplomó en la escalera de un edificio de piedra.

—Es posible que aún no esté perdido —dijo Dan, que creía entender cómo se sentía la joven. Aquella vez en el túnel de París, cuando perdió la fotografía de sus padres, había llorado como un niño pequeño delante de todo el mundo.

Dan levantó la vista y observó la casa donde Amy se había sentado. Leyó la palabra *museo* en el letrero. Normalmente, habría sentido el impulso de salir corriendo antes de que su hermana lo obligase a entrar, pero esta vez pensó que quizá un museo la distrajese un poco. La muchacha pestañeaba tan rápido tratando de esconder sus lágrimas que había levantado una pequeña brisa.

—Mirad, un museo —dijo él—. ¿Os apetece entrar?

—¿Eh? Dan, te has dado cuenta, ¿verdad? Es un museo —respondió Nella—. Creí que habías dicho que preferías que las arañas te succionasen los ojos antes de volver a poner un pie en otro museo.

Dan movió la cabeza señalando a su hermana, para que Nella entendiese lo que trataba de hacer. La niñera asintió admirada.

—No digas tonterías —añadió él—. Las arañas no pueden succionar ojos —se detuvo, pensativo—, aunque quizá las australianas sí que puedan. ¡Increíble! Qué más da. Es el Museo de la Policía y la Justicia de Sydney. Podría ser interesante. Vamos, Amy, echemos un vistazo. Quizá el ladrón haya entrado aquí para esconderse de nosotros. Además, aprenderemos muchas cosas —la animó.

Nella se sentó en la escalera.

—Yo esperaré aquí, pues es muy probable que no me dejen entrar con *Saladín* —explicó ella, abriendo su *Diccionario de jerga australiana*—. Me enchufaré las gafas de sol. Cuidado con pasarse o gritaré, pero si no, ¡moco de pavo!

—Habla claro, por favor.

—Como tardéis mucho, tíos, estáis perdidos.

—Entendido. Vamos Amy, seguro que tienen armas. —Dan subió la escalera saltando, mientras ella lo seguía más lentamente. Al menos se había animado a entrar.

Después de pagar los tickets, Dan se detuvo frente a una pared llena de fotografías de criminales de la década de 1890. Todos tenían pinta de estar a punto de merendarse a alguien. Era increíblemente genial.

—¡Amy, escucha esto! ¡Este tipo desapareció de la noche a la mañana y de repente, un buen día, un tiburón del acuario escupió su brazo! ¡Me encanta este lugar! —Pero Amy se había alejado y estaba viendo la sala de un tribunal.

Dan se inclinó para examinar de cerca la máscara mortuoria del Capitán Moonlight, el famoso salteador de caminos. Por fin había encontrado un museo que tenía sentido.

Amy no entendía a su hermano. ¿Acaso no eran sus vidas lo suficientemente caóticas? ¿Por qué encontraba tan fascinante ese lugar?

Vio a la mujer elegante de los zapatos verdes de ante. Estaba inclinada hacia adelante, observando una pared llena de fotografías de expedientes policiales. Miraba fijamente la pared, pero Amy no podía distinguir qué estaba examinando. Fuese lo que fuese, debía de ser fascinante.

La mujer dio media vuelta y comenzó a rebuscar en su bolso. Su forma de moverse le llamó la atención. Había algo familiar en ella... como si ya la conociese de antes. Pero Amy no conocía a nadie en Australia.

Ahora se había acostumbrado a seguir sus instintos, sin importarle lo extraños que pareciesen. Cuando la mujer salió del vestíbulo, decidió seguirla, pero al doblar la esquina se encontró con que ésta había desaparecido.

Le llamó la atención la recreación de una antigua celda. Amy entró en ella. Sería muy útil tener un lugar así para encerrar a los hermanos pequeños cuando se ponen insoportables. O sea, cada cinco minutos...

De repente, oyó que la puerta detrás de ella se cerraba de golpe. Se volvió y vio a la mujer sonriéndole placenteramente desde detrás de las barras de la celda. Era muy guapa, tenía unos enormes ojos color ámbar y un cabello negro y brillante que le acariciaba la cara. Su piel era tan suave y perfecta que parecía una muñeca de porcelana.

—No te asustes. Es que ésta era la única manera de hablar contigo —dijo la mujer con acento inglés. Su voz era profunda y cremosa, como si acabase de meterse una cucharada de yogur en la boca. Se acercó más, como si quisiese confiarle un secreto a Amy—. Nosotros, los Cahill, tenemos la habilidad de escapar los unos de los otros, ¿no crees? —añadió, guiñándole un ojo.

Amy quería golpearse a sí misma. ¡Era una Cahill! Sin disimular, comenzó a buscar otra salida.

—Así que aún te preocupas fácilmente. —La sonrisa de la mujer seguía firme—. Nunca has confiado en tu propia valentía. Grace solía decirlo.

Amy sintió que esas palabras le apuñalaban el corazón. Con la cabeza bien alta, dijo:

—No me hables de mi abuela. ¿Quién eres tú?

La desconocida ladeó la cabeza y estudió a Amy con una afectuosa sonrisa aún en los labios.

—Ah, esa mirada majestuosa. Ahora ya veo a Grace en ti. Soy Isabel Kabra.

—¿La madre de Ian y de Natalie?

La mujer asintió.

—He tratado de no inmiscuirme en la búsqueda de las 39 pistas. También he intentado que Ian y Natalie no se metieran, pero por desgracia... —se encogió de hombros elegantemente—, prestan más atención a su padre. Sin embargo, hemos llegado demasiado lejos y mis hijos necesitan que entre en acción. Por eso he decidido seguirlos hasta aquí.

—¿Están en Sydney? —Eso eran malas noticias.

—Están acomodándose en el Observatory Hotel ahora mismo. Natalie probablemente esté solicitando productos de baño complementarios e Ian... bueno, Ian probablemente esté pensando en ti.

Amy odió sentir tanto placer acelerándole el corazón, aunque no se lo creyó ni por un segundo. Puso los ojos en blanco.

—Por favor...

—Su comportamiento ha sido horrible, lo reconozco. Tiene miedo de sus propios sentimientos. Él mismo me ha confesado cuánto te admira.

—¿Tengo pinta de chuparme el dedo?

Los ojos de Isabel Kabra brillaban.

—Qué expresión tan encantadora. A pesar de que parezca creerse superior, Ian es un niño normal con sus inseguridades. Mis hijos son... muy complicados —añadió, haciendo un gesto con su cuidada mano—. Yo quería mantenerlos alejados de esta locura Cahill, créeme. Tenemos una vida tan adorable y acomodada en Londres... Coches, ropa, un avión privado... ¿Qué más se puede pedir?

—Por lo visto, ser la persona más poderosa del mundo —respondió la muchacha.

—¿Y qué quiere decir eso exactamente? —preguntó Isabel—. ¿Ya lo has pensado?

Sí que lo había hecho, pero aún no lo tenía muy claro. Le parecía tan irreal, como algo salido de una película o de un videojuego.

—¿Cuál sería la fuente de tu poder? —preguntó Isabel suavemente—. ¿Y cómo ejercerías tu autoridad? Te lo digo en serio —añadió entre carcajadas—. ¿Una niña de catorce años y su hermano de once gobernando el mundo? Has de admitir que es algo ridículo.

—¡Genial! —dijo Amy—. ¿Puedes hacerlo de nuevo? Me refiero a eso de insultarme de una manera tan agradable. —La joven no podía creer que aquella estupenda y sarcástica voz fuera realmente la suya.

—Mi intención no es insultarte —respondió Isabel en un tono amable—. Estoy siendo realista. ¿En serio crees que, si ganáis la competición de las pistas, el peligro al que os enfrentáis desaparecerá para siempre? —Movió la cabeza—. Será sólo el comienzo. Sólo hace falta echar un vistazo a la historia para darse cuenta. Mis hijos no son buenos estudiantes. Sin embargo, tú eres una gran investigadora. Tú sabes que la historia ha probado que todo conquistador acaba tocando fondo.

«¿Por qué sabe tanto de mí? —se preguntó Amy—. Si yo no sé nada de ella.»

—Les tenía tanto cariño a tus padres —dijo Isabel—. Eran guapísimos y muy prometedores. Fue un golpe muy duro cuando me enteré de lo sucedido en el incendio. Si hubieran sobrevivido, tal vez las cosas serían diferentes ahora. Quizá los Cahill serían un poquito más... civilizados. Pero tal y como están las cosas, nuestra única esperanza reside en los Lucian.

Amy rió irónicamente.

—¡Vaya sorpresa! Tú eres una Lucian.

—Naturalmente, creo que nuestra rama está mejor equipada para manejar el poder absoluto. Nosotros combinamos las mejores cualidades de todos los Cahill. Somos líderes natos y tenemos una red global en perfecto funcionamiento. Pero tú y tu hermano estáis tan solos... Vuestros padres se han ido, al igual que Grace, y no hay nadie que os proteja. Sólo quiero que la niñita que yo recuerdo, aquella que iba en pijama y que yo tuve entre mis brazos hace tanto tiempo, pueda crecer segura. Si supieras lo que... —dijo vacilante.

—¿Qué?

Se oyeron pasos en el pasillo. Isabel se volvió hacia el lugar de donde provenía el ruido.

—Confía en mí —susurró antes de salir corriendo.

CAPÍTULO 3

Amy golpeó con fuerza la puerta de la celda.

—¿Hola? ¡Socorro! —gritó.

Dan se acercó hasta ella y echó un vistazo entre las barras.

—Da igual lo que hayas hecho, yo siempre estaré a tu lado —dijo.

—No seas bobo. ¡Ve a buscar al guardia y abre esta puerta! —respondió ella, enfurecida.

Dan empujó la puerta, que se abrió muy lentamente.

Amy parpadeó atónita. ¿Por qué había pensado que la puerta estaría cerrada con llave? Pensándolo bien, Isabel no había dicho que lo estuviera.

Sintió que le temblaban las piernas. La situación la había afectado más de lo que ella quería admitir.

—Vamos —dijo Dan—. He encontrado una estupenda colección de cuchillos. ¡Uno de ellos todavía tiene manchas de sangre!

—Dan, Isabel Kabra ha estado aquí —explicó la joven.

—¿Isabel Kabra? Los Cobra se están multiplicando. ¿Y ésa cuál es?

—¡La madre de Ian y de Natalie!

—¡Increíble! ¿Esos chicos tienen madre?

—Pues ha sido casi... agradable —respondió Amy—. La verdad es que se ha disculpado por lo de Ian.

—Demasiado tarde. Sus hijos son como los piojos de las ratas.

—Ha dicho que los Lucian deberían ganar...

—Ya, claro.

—... y que debería fiarme de ella. Estaba a punto de decirme algo.

Dan hizo una mueca.

—Déjame que lo adivine: marchaos a casa, niños, este juego es demasiado peligroso para vosotros y vais a perder, blablablá. Nos sabemos el cuento de memoria, nos lo han contado miles de veces desde que empezamos. ¿Qué rama posee el gen de la originalidad? Porque a mí todas me suenan igual.

Amy decidió no contarle nada de que ella le gustaba mucho a Ian. Claro que no se lo había tragado, pero Dan se lo iba a tragar aún menos.

—Dice que me conoció cuando era pequeña, pero yo no me acuerdo de nada, la verdad —añadió.

Dan apenas la escuchaba.

—Será mejor que salgamos o a Nella le dará un ataque de nervios.

De camino a la salida, Amy se detuvo frente a la pared de fotos de expedientes.

—¿Qué hacía ella aquí? —se preguntó—. No creo que fuera una coincidencia. Se paró delante de las fotografías. Estaba mirando justo esta... —Amy se quedó muda—. ¡Dan! ¡Aquí falta una de las fotos!

Había sido cuidadosamente extraída de detrás del vidrio, donde ahora había un hueco.

—Ahora nunca sabremos quién era —dijo Amy.

Dan cerró los ojos. Su hermana sabía que estaba haciendo memoria, repasando las fotografías una a una en su mente. A pesar de que había más de cien imágenes en la pared, ella sabía que el muchacho se acordaría de cuál faltaba.

—Sígueme —dijo él. La joven se apresuró y lo siguió hasta la tienda de recuerdos. En la pared había un póster enmarcado mostrando las mismas caras de criminales. Dan colocó su dedo sobre una de ellas. Se trataba de un hombre con el pelo sucio y una expresión vacía. Un lado de la cara estaba marcado por cicatrices que le llegaban desde la frente hasta la barbilla.

—Es él.

—Bob Troppo —informó el dependiente desde detrás de ellos.

—¿Es así como se saludan los australianos? —susurró Dan a Amy. A continuación agitó su mano en el aire y gritó con fuerza—: ¡Bob Troppo!

El dependiente salió del mostrador y se acercó a ellos.

—El hombre que estáis mirando se llamaba Bob Troppo. Nadie sabe cuál es su verdadero nombre porque nunca hablaba. «Estar *troppo*» es una expresión italiana para referirse a las personas que han vivido en los trópicos durante tanto tiempo que se han vuelto un poco raros. Él vivió en Sydney durante la década de 1890.

—¿Y qué hizo? —preguntó Dan—. ¿Alimentar a los cocodrilos con personas? ¿Atarlos a las vías del tren?

—Intentó asesinar a Mark Twain.

Los dos hermanos intercambiaron miradas. Mark Twain era un descendiente Cahill. Pertenecía a la rama Janus, la inteligente, la de los artistas.

El dependiente, un joven corpulento que llevaba pantalones color caqui, se inclinó sobre el mostrador.

—Twain había venido a impartir unas conferencias, hablamos del año 1896. Troppo fue visto hablando con él en un callejón cerca del lugar donde daba sus charlas. Por lo visto, la discusión subió de tono y Troppo lo golpeó en el hombro con un bastón.

—Eso no me suena a intento de asesinato —respondió Amy.

—En el bastón había una navaja oculta, y en aquella época, eso ya era suficiente para que te acusasen, especialmente si tenemos en cuenta que él nunca articuló ni una palabra en su defensa. De todas formas, consiguió escapar, y lo hizo de una forma muy ingeniosa. —El hombre se inclinó hacia adelante como si estuviera a punto de confiarles un secreto—. Él estaba encarcelado, pero le habían encargado la tarea de fregar los suelos durante la noche, ¿entendéis? Así que, poco a poco, fue rascando la cera de la madera y guardándola en su celda. Con ella, ¡hizo una copia en cera de la llave! ¿No os parece inteligente?

Dan y Amy intercambiaron miradas otra vez. Se conocían tan bien y habían dependido el uno del otro durante tanto tiempo que podían comunicarse sin necesidad de abrir la boca. «¿Ekaterina?» La rama Ekat era ingeniosa y tenía mucha inventiva.

—¿Qué le sucedió? —preguntó la joven.

—Eso no lo sabe nadie. Los rumores dicen que optó por una vida más salvaje en la región del *outback*, que es casi un desierto. ¿Os gustaría comprar unas esposas? ¿O tal vez un libro?

—¿Unas esposas? —preguntó Dan.

Amy lo agarró de la camiseta y tiró de él.

—Muchas gracias, pero no. Tenemos que irnos. ¡Una historia estupenda!

Amy y Dan salieron de la tienda y corrieron hasta la puerta.

—Bob Troppo suena a loco —opinó Amy.

Dan asintió.

—Tiene que ser un Cahill.

—Pero ¿qué quiere Isabel de él? —se preguntó Amy—. ¿Será por eso por lo que los Kabra están en Sydney o...

—... será por nosotros? —finalizó Dan.

Amy, Dan y Nella se encontraban frente a una puerta metálica. No había ningún nombre, sólo un botón mugriento que parecía ser el timbre. El edificio era de acero ondulado y ladrillo, y la fachada estaba dotada de contraventanas. Parecía un almacén.

—Tal vez no sea aquí —dijo Amy, que de repente se había puesto nerviosa.

—Ésta es la dirección —respondió Nella, tocando el timbre.

Amy, insegura, no podía dejar los pies quietos. Acalorada, notó cómo las mejillas se le sonrojaban. Viajar por medio mundo y aparecer en casa de alguien sin avisar era de locos. Sobre todo, si ese alguien tenía dificultades para mantener el contacto con su primo y mejor amigo.

—¿Puedes decir «búsqueda del tesoro»? —susurró Dan unos minutos después.

—Deberíamos irnos —dijo Amy, dando un paso hacia atrás.

—¡Voy! —exclamó alguien desde dentro.

Poco después, se abrió la puerta. Un hombre rubio de mediana edad los miraba con curiosidad. Todo en él parecía estar descolorido de tanto sol. Desde su cabello hasta el vello dorado de sus bronceados y musculosos brazos, pasando por su camiseta amarillenta. Llevaba bermudas de surf e iba descalzo.

—Muy buenas —dijo amablemente. Tenía el acento australiano que habían oído varias veces durante el día, pero todavía conservaba un deje americano—. ¿Puedo ayudarlos?

—¿Primo Shep? —preguntó Dan—. Somos Amy y Dan y ésta es nuestra niñera, Nella Rossi.

Shep parecía anonadado.

—Dan y Amy Cahill —añadió la muchacha—, tus primos. —Era todo muy extraño. ¡Ni siquiera los había reconocido!

Shep se había quedado helado y tardó algo en reaccionar. Entonces, una sonrisa iluminó su rostro y sus ojos azul claro desaparecieron casi completamente, escondidos entre las líneas de su rostro.

Amy se sentía como si le hubiesen dado un puñetazo en el estómago. Tenía recuerdos borrosos de sus padres, pero esa sonrisa... era como si su padre hubiera vuelto de repente. Él solía sonreír de esa manera justo antes de atraparla en uno de sus enormes abrazos. Sintió que se le llenaban los ojos de lágrimas y, rápidamente, miró hacia otro lado, como si estuviese comprobando la dirección.

—¿Me estáis tomando el pelo? ¡Imposible! ¿Dan y Amy?

—Pasábamos por tu barrio —dijo Dan.

Shep dio un paso al frente tan rápido que ellos se alarmaron. Agarró a Dan entre sus brazos con tanta fuerza que casi lo deja sin aliento. Luego dio un apretón a Amy.

—¡Vaya sorpresa! ¡Pasad, pasad! —los invitó.

La casa la componía una enorme estancia dividida en habitaciones a través de sofás y estanterías. La enorme pared del fondo estaba cubierta de arriba abajo por estantes repletos de libros. Amy corrió hacia ellos para echar una ojeada a los títulos. Había una pared que era toda de vidrio e iba a dar a un patio. Varios grupos de muebles dividían la zona en sala de estar; comedor; sala de juegos, que incluía un equipo de audio, guitarras, teclados... Por otro lado, había también tablas de surf, ordenadores, máquinas de *pinball*, tres caballitos de tiovivo y un futbolín. Varios cajones de colores vivos recogían todo tipo de cosas, que sobresalían hasta llegar al suelo: ropa, más libros, equipos deportivos, DVD y componentes de ordenador.

—Vaya —dijo Dan—, yo mismo podría haber diseñado este lugar.

—Sentaos. —Shep se apresuró a quitar unas revistas, unas camisetas y unas chanclas de encima del sofá—. ¿Qué estáis haciendo en Sydney? Creí que estabais viviendo con vuestra tía, o eso es lo último que oí.

—Sí, aún vivimos con ella —respondió Amy—, técnicamente. Aunque ahora estamos de vacaciones, más o menos.

—Entiendo. Pues sí que habéis crecido vosotros dos.

—Bueno, es que han pasado unos ocho años desde la última vez que nos viste.

Shep asintió, y la alegría de su rostro se desvaneció.

—Lo sé.

Amy, Dan y Nella se sentaron en el sofá, y él se acomodó sobre una mesa hecha con una tabla de surf, justo enfrente de ellos.

—Escuchad, antes de nada, quiero disculparme por no haber mantenido el contacto con vosotros —dijo él—. La verdad es que yo no sirvo para eso.

—No pasa nada —respondió Amy. Sin embargo, acababa de darse cuenta de que sí pasaba algo. Ellos no conocían a Shep, pero él había sido el pariente más próximo de su padre, y su mejor amigo. Salvo alguna que otra postal o tarjeta de Navidad de canguros con gorro de Papá Noel, no habían sabido nada de él.

—Claro que pasa —dijo Shep, cabizbajo—. Me sentí mal cuando oí lo de Arthur y Hope. En realidad me quedé hecho polvo. No recibí el mensaje hasta después del funeral. Llamé varias veces, pero una vieja cascarrabias me dijo que ya teníais bastantes problemas. Quizá fuese vuestra tía, ¿no creéis?

—Seguramente sí —respondió Dan, con una voz profunda.

—Nunca nos dijo que habías llamado —añadió la muchacha.

—¿Ya sabéis dónde vais a alojaros? Yo tengo espacio suficiente. No hay camas, pero sí espacio —invitó él, sonriente. Amy tuvo una rara sensación, quería llorar y reír al mismo tiempo. Se parecía tanto a su padre...

—Intentamos llamarte —dijo Amy.

—Ahora sólo tengo teléfono móvil. Lo siento, soy un tipo difícil de encontrar.

Amy se incorporó.

—Queríamos preguntarte sobre la última vez que nuestros padres estuvieron aquí. ¿Los viste?

—¿Que si los vi? Por supuesto. Fue hace unos... ¿cinco años?

—Ocho, en realidad.

—Ah, sí. El tiempo vuela. —Shep movió la cabeza—. Ésa fue la última vez que vi a Artie.

¿Artie? Nadie llamaba así a su padre.

Saladín maulló muy alto. Shep se acercó a él.

—Hola, señor Comilón —dijo él—. ¿Tienes hambre? ¿Te apetece salir de ahí?

—Ten cuidado, lleva un buen rato ahí dentro —advirtió Nella—, y no se lleva demasiado bien con los descono...

Shep ya había sacado a *Saladín* y lo había tumbado sobre sus hombros, como si fuese una bufanda. El gato parpadeó y después ronroneó, rebosante de felicidad.

—Seguro que te apetece un buen plato de algo —le dijo llevándoselo a la cocina. Llenó un cuenco de agua y metió la cabeza en la nevera—. ¿Qué me dices de un poco de barramundi?

—¿Barracuda? —preguntó Dan.

—Barramundi —respondió Nella—, un pescado delicioso.

—Sólo le gusta el atún —añadió Amy.

—Entonces, esto le encantará —opinó Shep—. Es el mejor pescado del mundo. —Echó un poco en un recipiente y lo colocó en el suelo. *Saladín* lo olisqueó, miró a Shep y hundió la cabeza en el plato, lleno de alegría.

Todos rieron al ver la reacción del minino.

—Vuestro padre y yo crecimos juntos prácticamente —explicó Shep acercándose a ellos—. Nuestras madres eran primas y grandes amigas. Se criaron juntas, igual que Artie y yo hasta que cumplimos los doce años. Entonces, mis padres se divorciaron y, de repente, aparecí en Oahu con mi madre. Art y yo intentamos mantenernos en contacto, pero... en fin, a los niños de doce años no se les da bien eso de la amistad por correspondencia. Por eso, cada vez que nos veíamos, nos poníamos al día y nos lo contábamos todo.

—¿Sabes adónde fueron nuestros padres cuando estuvieron aquí? —preguntó Dan.

—Por supuesto. Yo los llevé de aquí para allá.

—¿Cómo? ¿Tienes un barco? —preguntó Dan, ilusionado.

—Mucho mejor —respondió Shep entre carcajadas—. Tengo un avión. Un estupendo Cessna Caravan, así que... —Su teléfono móvil comenzó a sonar y él lo sacó del bolsillo de su pantalón. Escuchó atentamente un rato, después dijo «OK», colgó y se levantó de un salto.

»Tenemos que salir de aquí. ¡Ahora!

CAPÍTULO 4

Amy, Dan y Nella estaban habituados a salir corriendo. Dan se calzó rápidamente, Amy saltó por el respaldo del sofá y Nella empujó la puerta, la abrió y esperó a que los niños Cahill estuviesen listos.

Shep entró de un salto en el todoterreno que estaba aparcado fuera.

—¡Entrad! —exclamó.

Una tabla de surf asomaba por la parte trasera del vehículo, y Amy y Dan tuvieron que acomodarse en el poco espacio que quedaba libre, mientras Nella corría a sentarse en el asiento delantero. Shep arrancó el coche haciendo rechinar las ruedas. Nella se inclinó hacia él mientras descendían por una carretera llena de baches.

—¿Qué ha pasado? ¿Adónde vamos?

—¡A Bondi, por supuesto! —gritó Shep, tratando de hacerse oír por encima del rugido provocado por el viento—. ¡Es la hora del surf!

—¿La hora del surf? —preguntó Nella, incrédula—. ¡Pensaba que la casa estaba a punto de explotar!

Dan se recostó en su asiento, aliviado. Amy dejó escapar un suspiro.

—Hay que dejarlo todo ante la llamada del surf —explicó Shep—. He de decir que sois unos ases en salir corriendo.

—Es que en el colegio solíamos ser monitores en los simulacros de incendios —respondió Dan, que no sonaba muy convincente.

—No os preocupéis, hay un montón de tiendas —explicó Shep, que seguía gritando a causa del viento—, allí encontraréis un buen equipo. Además, tengo un montón de amigos surfistas que tienen tablas largas, tablas cortas y tablas de *body*. Encontraremos la vuestra.

—Nunca he entendido el surf —respondió Nella—. Yo soy una chica de Nueva Inglaterra. ¿Qué le veis a estar subido a una tabla para daros porrazos contra las olas? Yo prefiero nadar.

Shep soltó una carcajada.

—Te encantará. Ten cuidado con las carabelas portuguesas y todo irá bien.

—¿Por qué? ¿Pueden matar? —preguntó Dan, encantado.

—¡Qué va! Pero el dolor es espantoso.

—¡Genial!

Pocos minutos después, Shep se detuvo en un espacio frente a una pequeña tienda de surf. Los dirigió animadamente hacia los equipos de surf y colocó una tarjeta de crédito sobre el mostrador. Vestidos con ropa surfista de arriba abajo, lo siguieron hasta una amplia playa con fuerte marejada.

—Las olas son terriblemente grandes —opinó Amy.

Dan se alegró de no ser el único que lo pensaba.

—No te preocupes. Tenemos socorristas excelentes. Si se complica la situación, no muevas los brazos, sólo levántalos. ¡Eh, ahí está mi gente!

Shep saludó a un grupo de personas que compartían botellas de zumo y bocadillos. Estaban todos muy morenos y en buena forma física, tanto los hombres como las mujeres, y tenían el pelo blanqueado por el sol, igual que Shep. Las tablas de surf descansaban en la arena, clavadas en ella como los postes de la electricidad.

—¡Ahí está! —gritó uno de los hombres—. ¡Te ha costado llegar hasta aquí!

—¿Qué tienes ahí? ¿Galletas para tiburones? —añadió otro.

—¿Acaban de llamarnos «galletas para tiburones»? —preguntó Amy, tragando saliva.

—No les hagáis caso. Llamamos galletas para tiburones a los principiantes —explicó Shep, que caminaba hacia ellos—. Éstos son mis primos, Amy y Dan, y ésta es su niñera, Nella. Van a aprender a surfear como un australiano.

—Buena elección —respondió una de las chicas—. Tengo una tabla de *body* por aquí que podéis usar si queréis.

Shep sonrió y, con su tabla debajo del brazo, les dijo:

—Vosotros tres, vamos allá. Voy a daros una lección rápida. Ah, y no os preocupéis por los tiburones... basta con que no os alejéis de las banderas.

—Tiburones... —susurró Nella—, mejor en un plato y con una buena salsa.

Necesitaron veinte minutos para cogerle el truco a las tablas de *body*. Nella aprendió casi inmediatamente, pero Amy se caía siempre y la ola se la llevaba consigo hasta la orilla, donde se levantaba y volvía a adentrarse en el mar escupiendo el medio océano Pacífico que se había tragado. Dan, que se distraía riéndose de ella, no se fijaba en las olas y éstas acababan rompiendo encima de su cara. No se divertía tanto desde que envió un mensajero a su profesora de piano con su colección de arañas muertas.

—Creo que ya le habéis cogido el tranquillo —anunció Shep

poco después—. Si no os importa, voy a alejarme un rato con la tabla grande.

—Yo voy a tomar el sol —respondió Nella.

Nella salió del mar y Shep se adentró más en él. Dan y Amy se prepararon para la siguiente ola. Amy se quitó el pelo de delante de los ojos y sonrió. Aquella mirada preocupada que hacía que sus cejas se juntasen había desaparecido. Dan cogió la ola en el momento ideal. El muchacho sonreía contento. Una vez en la orilla, se levantó entre risas. Su alegría se desvaneció al ver chapoteando en el agua a una familia. Todos vestían igual: llevaban pantalones de surf amarillos y gafas de bucear azules. Además, llevaban tablas de las grandes.

Eran los Holt. Aquello parecía un desfile de imbéciles musculosos.

Dan agarró su tabla y nadó por encima de las olas hasta llegar junto a Amy, que estaba tumbada en la suya, disfrutando del agua.

—Tenemos compañía.

Amy inspeccionó la playa.

—Oh, no. Rápido, vamos a...

Pero ya era demasiado tarde. Eisenhower ya los había visto y los estaba señalando con su enorme dedo índice.

—¡Empieza la partida! —gritó, haciéndose oír entre las olas.

—¿Qué crees que querrán —preguntó Dan— aparte de ahogarnos?

—Hamilton no haría eso —dijo Amy, vacilante.

Habían establecido una alianza temporal con Hamilton en Rusia. Incluso habían llegado a compartir una pista con él, pero eso no quería decir que fuesen amigos.

—La Mili tiene miedo de su papi —dijo Dan—. Hasta yo tengo miedo de su papi. Aunque creo que no se le puede mostrar temor a un Holt. Ellos huelen el miedo, y sabe a pollo. —El joven dio un puñetazo en al agua y exclamó—: ¡¿A qué estáis esperando?!

Eisenhower saltó sobre su tabla de una forma extraña, pero cuando empezó a mover los brazos sobre la ola, comenzó a desplazarse rápidamente.

—¡Nos debéis una! —gritó—. ¡Nos enviasteis a Siberia! ¡No tuvo ni pizca de gracia! Y ahora queremos respuestas.

—¡Ya os entregamos una pista! —gritó Amy.

—¡Vaya cosa! ¡La habríamos encontrado igualmente!

—¡Sigue soñando! —respondió Dan—. ¡No encontraríais una pista ni aunque tuviera dientes y os mordiera a cada uno en la nariz!

Eisenhower se volvió hacia su familia.

—¡Pelotón, a domar las olas! —Reagan y su hermana gemela, Madison, se subieron a sus tablas y comenzaron a remar. Mary-Todd las siguió más lentamente, observando la espuma blanca de la orilla. Hamilton cerraba la marcha.

—¿Qué hacemos? —preguntó Amy, mordiéndose los labios.

—Coger la siguiente ola —sugirió Dan—. ¡Vamos!

Se subieron a sus tablas y miraron hacia atrás. Una serie de olas estaban aproximándose, así que comenzaron a remar con fuerza. Aun así, no iban lo suficientemente rápido, de modo que se escurrieron de la cresta y el mar no los llevó hasta la orilla.

Eisenhower Holt salió del interior de la ola que se estaba rompiendo. Sus poderosos brazos lo impulsaban hacia ellos. En pocos segundos, su tabla chocó contra la de Dan, y el muchacho salió volando y cayó al agua. Al salir a buscar aire, tenía la mano de Eisenhower sobre la cabeza, empujándolo de nuevo hacia el fondo.

Cuando por fin consiguió salir de nuevo, había tragado tanta agua que no podía dejar de toser.

—¡Déjalo! —gritó Amy, lanzándose desde su tabla y aporreando la pierna del gigantón—. ¡Tiene asma!

Amy podría haber sido una delicada alga acariciándole las piernas, pues él no parecía sentir sus puños golpeándole la pantorrilla. Eisenhower volvió a hundir a Dan. El niño notaba que sus pulmones se encogían. Cuando volvió a salir, se agarró con fuerza a la tabla de Eisenhower, mientras trataba de coger aire. Su tabla seguía flotando muy cerca de él.

El señor Holt colocó su enorme mano sobre la cabeza de Dan.

—Empieza a cantar o lo hundiré de nuevo.

La corriente los había arrastrado hacia la orilla y estaban cerca de la zona donde rompían las olas. Una ola se estaba formando.

—Bucea —dijo Dan a Amy.

—¿Bucea? —preguntó Eisenhower—. ¿Qué quiere decir...?

Dan y Amy desaparecieron bajo el agua. Lo último que oyeron fue a Mary-Todd gritando: «¡Cariño, mira...!».

Dan sintió la potencia de la ola, pero estando en el fondo, pudo escapar de ella sin problemas. Cuando salió a la superficie, respiró hondo. Amy iba detrás de él.

Al señor Holt no le había dado tiempo a escapar, ni siquiera había podido hundirse. La ola rompió encima de él y se lo llevó consigo; su tabla salió despedida por el aire. Un socorrista lo miraba fijamente con unos prismáticos.

Eisenhower acabó en la orilla, con la cara metida en la arena. Mary-Todd había cogido la ola y se dirigía hacia él apresuradamente. El fortachón se puso en pie, rojo de ira. Se quitó de encima el brazo de su mujer y, tambaleándose, cogió su tabla y se lanzó contra la ola. Todos los Holt remaban velozmente sobre sus tablas, detrás de él. Se movían como tiburones, deslizándose sobre el agua ágil y elegantemente.

Shep se acercó con su tabla hasta Amy y Dan, y comenzó a arrastrar las de ellos.

—La ola lo ha atrapado en su ciclo de centrifugado. Se lo tiene bien merecido. ¿O piensa que es divertido hundir a un niño? ¿Es un amigo vuestro?

—Una detestable familia que conocimos en el avión —respondió Amy—. ¿Crees que tus amigos podrán darles una lección?

—¿En serio? —preguntó Shep, que dio un silbido para llamar a todos sus compañeros surfistas. En un abrir y cerrar de ojos, estaban todos allí.

—Mis primos han tenido un pequeño problema con aquellos turistas de amarillo —explicó—. Los están molestando sin razón, y la verdad es que son bastante crueles.

Todos mostraban una enorme sonrisa.

—Vamos allá —dijo uno de ellos.

—En seguida os alcanzo —respondió Shep a sus amigos, y volviéndose hacia Dan y Amy dijo—: Venid detrás de mí, os pondré a salvo.

Los dos hermanos lo siguieron, pero no pudieron resistir la tentación de girar la cabeza para ver el plan de ataque. Tres de ellos habían cogido la siguiente ola y se dirigían hacia los Holt, que escapaban hacia el rompeolas. Controlando sus tablas como expertos, los surfistas se estrellaron contra el grupo. Eisenhower se cayó de su tabla y salió a la superficie tosiendo. Amy vio a Hamilton riéndose y buceando bajo una ola inmediatamente después.

Los amigos de Shep remontaron la ola sin problemas y se

alejaron. Eisenhower, más enfadado que nunca, nadaba hacia su tabla, gritando a su mujer y a sus hijos.

Los Holt se separaron mientras otra onda empezaba a formarse. Dos de los surfistas comenzaron a remar rápidamente. Amy los perdió de vista, ya que la ola había crecido... pero entonces se dio cuenta de que estaban encima de ella, deslizándose a toda velocidad hacia Eisenhower, que abrió los ojos como platos al verlos avanzar hacia él. Trató de escapar, pero su tabla salió volando por el aire y él se hundió en el agua. Cuando salió a la superficie, la tabla voladora le cayó en la cabeza.

Dan y Amy se rieron a carcajada limpia.

—Muy bien, vamos a coger esta ola —anunció Shep. Amy tragó saliva. Era enorme.

—¿Esa de ahí? —preguntó con un hilo de voz.

—Impúlsate todo lo que puedas y después súbete en esta preciosidad. ¡AHORA!

La muchacha metió las manos en el agua y comenzó a mover los brazos lo más rápido que pudo. Sintió que la ola la empujaba hacia atrás. Pero entonces, de repente, sintió que se elevaba. La ola había agarrado su tabla y la propulsaba con fuerza hacia adelante. Shep se puso en pie y miró hacia la ola, sacudiéndose el agua del pelo.

Amy decidió que no se iba a morir. Oyó a Dan gritar: «¡Viva!» disfrutando del increíble momento. Después se bajó de la tabla. Sentía un hormigueo por todo el cuerpo.

A continuación, examinó el mar tras de sí. Reagan y Madison escapaban deslizándose sobre sus tablas. Mary-Todd se agarraba con fuerza al borde de su tabla. Hamilton estaba detrás del oleaje, disfrutando de los suaves movimientos del mar. Cuando Eisenhower vio que Amy y Dan habían alcanzado la orilla, quiso dar media vuelta, pero los amigos de Shep lo rodearon con sus enormes tablas mientras otra ola lo golpeaba en la cara.

Los surfistas les decían adiós mientras ellos seguían su camino hacia la playa, donde Nella los esperaba. Entre risas, corrieron hasta el todoterreno de Shep. Él les dio unas toallas todavía riéndose.

—No hay nada mejor que un grupo de surfistas para enseñar buenos modales —dijo Shep satisfecho.

CAPÍTULO 5

Irina Spasky estaba sentada en la escalinata de la Casa de la Ópera de Sydney. La estructura del tejado del famoso edificio se extendía delante de ella, imitando las bailarinas ondas del puerto. El sol era un disco de oro en medio de un cielo tan azul como un huevo de Fabergé. Turistas y habitantes de la zona paseaban alrededor, se les veía rebosantes de alegría, disfrutando de un precioso día en una ciudad espectacular.

«Sois todos unos idiotas», pensó ella.

Si parase a aquellas personas y les preguntase: «¿De dónde eres?» (aunque por supuesto, ella nunca sería tan amable), las respuestas serían: Sydney, Tokio, Manila, Los Ángeles... Había turistas de un sinnúmero de ciudades y pueblos de muchísimos países distintos. A veces, sus países se llevan bien, otras veces no; por eso existen los gobiernos y los diplomáticos y, en ocasiones, hay incluso guerras. Así es como funciona el mundo... o eso pensaban ellos.

Sin embargo, ¿dónde reside el verdadero poder? Entre las sombras. En la oscuridad, donde no hay fronteras. Allí todo se disuelve en la negrura.

Para un Cahill, los países y las fronteras no son nada. Sólo las ramas importan realmente. Una de ellas podría ser la que dominase el mundo. «¡Vaya!» Irina acababa de admitir, contra su propia voluntad, que eso era lo que la propia Grace había hecho, después de todo. Se las había ingeniado para encontrar las 39 pistas. Una búsqueda que había durado cientos de años, pero que, finalmente llegaba a su fin. Irina estaba bastante segura de ello. Lo sentía en sus huesos rusos.

Y después, ¿qué?

Irina siempre había creído, con cada célula de su cuerpo, que los Lucian estaban mejor equipados que nadie para conseguir la victoria. Hubo una vez en la que creía en Vikram Kabra, pero los años habían corrompido al hombre joven que conoció en Oxford. Conoció a la preciosa Isabel y se casó con ella. Por aquel entonces, cuando aquellos dos entraban en una habitación, todo comenzaba a girar y a brillar con su particular hechizo. Irina recordaba días y noches en los que se había dejado encandilar por ellos... la tierna voz de Vikram y su aguda inteligencia, el humor y la perspicacia de Isabel...

Un encantamiento, no era más que eso... exactamente igual que en los cuentos de hadas.

Cuando los conoció, hacía ya dos años que era agente de la KGB, pues entró en ella a los dieciséis. Era la espía más joven. Había sido educada y entrenada para convertirse en una estudiante de intercambio en Oxford. Allí conoció a Vikram Kabra y se hicieron amigos casi inmediatamente.

Entonces, Irina aún no sabía que ella era una Cahill, pero si la KGB la había reclutado, era precisamente por eso. Su superior había sido también un Lucian, y la había enviado a Oxford, donde Vikram la estaba esperando. Él fue quien le enseñó el mundo de los Cahill y le habló de su rama. Aunque nunca dejó de trabajar para la KGB, a medida que pasaba el tiempo, iba haciendo más trabajos para la pareja Kabra, conforme ellos iban ascendiendo en la jerarquía Lucian.

Se había fiado de ellos y de su crueldad. También había confiado en sí misma. Era necesario: los Lucian debían ganar a toda costa.

Ahora, hacía apenas un par de días, había estado a punto de matar a dos personas que se entrometieron en su camino. Amy y Dan Cahill, dos niños. ¿En qué se había convertido?

Irina se llevó un dedo al ojo, tratando de detener el molesto tic. Aunque no sirvió para nada, su ojo seguía saltando.

Tenía la mirada clavada en el reluciente y precioso mundo. No estaba habituada a tener dudas; hacían que una persona se sintiese tan... inestable.

En ese mismo momento tenía un encargo. Amy y Dan estaban en Sydney. La propia Isabel se había unido al equipo Lucian para perseguirlos desde el aeropuerto. Hacía años que Isabel no trabajaba como agente, pero solía entrometerse inesperadamente y estropear planes cuidadosamente pensados. Su ego entraba en juego, como siempre. Quería probar que todavía era una experta vistiéndose de incógnito, así que fingió ser una anciana para, sólo por diversión, robarle el collar de jade a Amy. Consecuentemente, Amy decidió bajar del autobús y causarle así un problema a Irina. No tenía ni idea de dónde se estaban alojando los niños Cahill, y el hecho de que Isabel le gritase: «¡Encuéntralos!», no ayudaba demasiado.

¿Qué estaría tramando esa mujer? Había abandonado su mansión de Londres para coger un avión hasta Australia, lo cual era preocupante. Isabel y Vikram preferían controlar las situaciones desde lejos. Ella decía que con el desfase horario le salían arrugas.

«Y bueno, tú no tienes que preocuparte por esas cosas —llegó a decirle a Irina, entre carcajadas—. Obviamente, tu apariencia no te preocupa lo más mínimo.»

Aunque fuese cierto, era también insultante. Hubo una época en la que Irina era atractiva. Algunos la habían llamado guapa, de hecho. Una persona en particular.

El ojo de Irina volvió a saltar. Ya hacía mucho tiempo de todo aquello.

Las cosas no habían ido bien en Rusia. Estaba segura de que Amy y Dan habían encontrado la pista. Tenía la certeza de que alguien los había ayudado, pero aun así... lo que habían conseguido por sí mismos... ¡el niño había conducido una moto! ¡y Amy, un coche! Los labios de Irina escondían una sonrisa, pero ella no la dejó salir.

Se puso en pie. «Ya basta.» Tenía obligaciones que cumplir. ¡Si al menos los recuerdos dejasen de invadirla! Un niño pequeño caminaba entre sus padres, abrazando un muñeco de peluche, algo gris... ¿un mono? No, un cachorro. No era más que un cachorro.

Irina sintió que el nervio de su ojo volvía a temblar, y levantó una mano tratando de calmarlo. Un grupo de gente joven pensó que los estaba saludando, así que ellos le devolvieron el saludo.

Sus gafas de sol cubrieron su ceño fruncido. ¡Cómo odiaba Australia! ¡Qué país tan alegre!

CAPÍTULO 6

Era difícil creerlo, pero la tarde acababa de empezar. El desfase horario comenzaba a hacer efecto. Aun así, todavía había demasiadas cosas de las que hablar. Shep hizo té y todos se sentaron alrededor de una mesa en el patio, al lado de la cocina. La excitación de haberse *surfeado* a los Holt ya había pasado. Ahora querían respuestas.

Saladín saltó al regazo de Shep y él lo acarició, distraído, mientras seguía hablando.

—Creo recordar que la visita de Art y de Hope era algo más que un simple viaje de placer —dijo él—. Supongo que mi primo estaría haciendo algún tipo de mapeado relacionado con lo de su genio matemático. De niño, siempre había estado interesado en la geografía. Pasaba muchísimo tiempo estudiando mapas. Es extraño que haya sido yo el que se ha recorrido medio mundo. Creo que le gustaba imaginar que visitaba lugares —sonrió Shep—. Sin embargo, vuestra madre era distinta. Siempre estaba dispuesta a todo.

—¿Adónde fueron, entonces? —preguntó Amy.

—En una situación normal, creo que me habría olvidado de eso —admitió él—. Es que yo llevo a mucha gente a un montón de lugares, ¿entendéis? Así es como me gano la vida, transportando a los turistas de un lugar a otro. Aun así, ese viaje sí que lo recuerdo. Veamos... primero fuimos a Adelaida y los dejé allí unos días mientras yo estaba en Perth. Después volví a recogerlos y viajamos los tres hasta Top End, a la ciudad de Darwin. ¡Ah! Seguro que todavía tengo el itinerario escrito por algún lado. Por suerte para vosotros, soy el típico coleccionista de cachivaches. Nunca tiro nada.

Con cuidado, Shep colocó a *Saladín* en el regazo de Dan y se levantó. A través de la puerta pudieron verlo revolviendo en una de las cajas de colores.

—Vaya, mirad esto —murmuró, apartando una raqueta de tenis—, adónde ha venido a parar. Nunca pude soportar el tenis. A ver, sé que está por aquí, en algún lado. ¡Ajá!

Shep volvió a la mesa con una chaqueta de cuero gastada sobre un brazo y un libro en la mano. Le entregó la chaqueta a Amy.

—Aquí hay algo de tu madre. La compró en una tienda de antigüedades en Darwin. En el último momento, decidió dejarla conmigo. Decía que ya tenía demasiado equipaje con el que cargar. Estoy seguro de que habría querido que te la quedases.

No hacía frío en el patio, pero Amy dejó que el peso de la chaqueta cayera sobre su regazo. Sus dedos recorrieron el cuero. Su madre había escogido esa chaqueta. Había introducido sus brazos en esas mangas. Amy habría abrazado la prenda si hubiera podido, pero le daba demasiada vergüenza.

Shep sujetó el libro.

—Éste es el diario de navegación que utilicé aquel año. Echemos un vistazo a ver si... —Hojeó el cuaderno—. Lo que me imaginaba. Me entregaron un itinerario por si acaso, según dijeron. Aquí lo tenéis.

Les entregó una hoja con unas anotaciones. Amy reconoció la buena letra de su madre, escrita con la tinta violeta que ella solía utilizar.

Miami	Calcuta
Natal	Rangún
Dakar	Bangkok
Jartum	Singapur
Karachi	Darwin

—¿Fueron a todos estos lugares? —preguntó Amy.

—Una especie de vuelta al mundo, ¿no? —opinó Shep.

Dan echó un vistazo por encima del hombro.

—¿Cómo es que Sydney no está ahí? ¿Y Adelaida?

—Creo que a mí se me incluía en el viaje de placer —respondió Shep, con una sonrisa de oreja a oreja.

Amy colocó su dedo sobre Miami.

—¡Ya me acuerdo! —exclamó la muchacha—. ¡Nosotros fuimos con ellos en la primera parte del viaje! Nos alojamos en un hotel en la playa. Dan, tú debías de tener unos tres años. Grace también vino con nosotros. Recuerdo que lloré mucho cuando se fueron. Pensaba que no iba a volver a verlos...

La voz de Amy se apagó poco a poco. Se recordaba a sí misma con seis años, llorando como si su corazón estuviese a punto de romperse de lo abandonada que se sentía. Grace la había agarrado de la mano. Se asustó muchísimo cuando vio que su abuela también estaba llorando. Se encontraban de pie, en el vestíbulo del hotel, observando por el cristal de la puerta cómo sus padres subían al taxi. Recordaba aquella pared de cristal entre ellos, que impedía que su madre oyera sus tristes llantos.

—No me acuerdo de nada —dijo Dan.

—No, es que aún eras muy pequeño —dijo Amy—. Iban a pasar mucho tiempo fuera... Bueno, a mí me parecía mucho, aunque probablemente sólo fue alrededor de un mes. Grace cuidó de nosotros.

Amy recordó de repente a su abuela que, sentada frente a la ventana, observaba el jardín. Se la veía preocupada. A Amy le pareció que se sentía exactamente igual que ella, sola y asustada. Se había sentado en el regazo de Grace. «Pronto volverán», le susurró ella al oído.

¿Estaría Grace tratando de convencerse a sí misma, además de a Amy? ¿Estaba Grace tan preocupada como su nieta?

Aquello tenía que ser una misión Cahill. No era ninguna visita de placer. Nunca habrían abandonado a Amy y a Dan durante tanto tiempo si no hubiese sido absolutamente necesario. Amy tenía eso muy claro en el fondo de su corazón.

—Me sorprendió que Arthur se hiciese profesor —dijo Shep—. Pensaba que eso sería lo último que se le ocurriría.

—¿Qué quieres decir? —preguntó Dan—. ¿Y en qué creías que se convertiría, entonces?

—En domador de leones —respondió él, golpeando la mesa con su taza vacía y con una sonrisa en la cara—. Acróbata; conductor de coche de carreras; piloto, como yo.

Dan soltó una risotada.

—Me estás tomando el pelo.

—Cuando éramos niños, Artie era un temerario —explicó Shep—. Siempre me animaba a seguirlo. Construíamos pistas de obstáculos para nuestras bicicletas, o torres de cajas para saltar al lago. Una vez levantamos un tobogán que bajaba desde el techo del garaje. Artie siempre era el primero en probarlo todo.

—¿Papá? —preguntó el muchacho, con su voz de pito—. ¡Increíble!

Amy miró a Dan. Estaba clavado en su asiento y los ojos le brillaban. Escuchar cosas sobre su padre siempre lo ponía de buen humor. ¿Por qué la pondría tan triste a ella?

Cuando pierdes a tus padres, la tristeza siempre te acompaña. Con el tiempo va cambiando y se debilita, pero a veces te sorprende reapareciendo inesperadamente. Como ahora, que estaba a punto de romper a llorar sólo por haber oído que su padre de joven era muy osado... exactamente igual que Dan.

—Sin embargo, vuestro padre... era más listo que yo. Hacía los deberes y eso. Estaba muy interesado en puzles y en aprender el funcionamiento de las cosas. Yo me mudé a Hawai, descubrí las olas y me convertí en una causa perdida —añadió Shep, sonriéndoles animadamente—. A partir de entonces, me dediqué a recorrer el mundo. Hasta que aterricé aquí, en Australia.

—Increíble —repitió Dan. Amy se dio cuenta de que su hermano acababa de descubrir a su nuevo héroe.

—Ahora es vuestro turno. —De repente, la mirada azul de Shep se volvió más penetrante—. ¿Qué estáis haciendo en Australia?

Amy respondió rápidamente antes de que Dan pudiese decir nada. No era que no se fiaran de Shep pero, por su propio bien, era mejor que no supiese nada sobre la búsqueda de las 39 pistas.

—Estamos de vacaciones —anunció ella—. Estamos investigando la historia de nuestra familia para un proyecto de la escuela. ¿Has oído hablar de Bob Troppo?

—No puedo decir que lo conozca. ¿Vive en Sydney?

—No, él fue un famoso criminal hace años, en la década de 1890 o así —respondió Dan—. Tenía unas cicatrices horribles en la cara. Lo encarcelaron en Sydney y él se escapó a la región del *outback*.

—¿En qué parte? —preguntó Shep—. El *outback* es un lugar bastante grande, por si no lo sabíais. Son miles y miles de kilómetros —añadió, levantando las cejas—. Es la tierra del Nunca-Nunca.

Amy y Dan se miraron el uno al otro. Se sentían impotentes. No tenían ni idea.

—Me parece que no tenéis ni por dónde empezar —opinó Shep cortésmente—. Así es como me gusta a mí. Aprenderéis mucho más de esta manera.

—Pero ¿por dónde empezamos? —preguntó Amy.

—Bueno, yo tengo un amigo que hace visitas guiadas por el Centro Rojo —respondió él—. Uluru, Coober Pedy y Alice Springs.

Dan y Amy no tenían ni idea de qué estaba hablando. Shep sacó su móvil del bolsillo.

—Voy a llamarlo y a preguntarle si sabe algo de vuestro Bob Troppo. —Marcó un número y esperó, después se encogió de hombros y colgó—. No responde. A Jeff no le gustan demasiado los contestadores, pero nos devolverá la llamada tarde o temprano.

No tenían tiempo para «tarde o temprano».

—Así que —dijo Dan— tienes un avión.

—Es genial —añadió Amy.

Shep soltó una carcajada.

—Esperad un momento, creo que empiezo a entenderos —respondió—; ¿queréis que os lleve a la región del *outback*? Vamos a ver a mi amigo, tal vez pueda ayudar.

—No queremos que te sientas obligado ni nada por el estilo —admitió Amy, poniéndose a la defensiva.

—No fue para tanto eso de que nos criase una tía malvada —explicó Dan—. Bueno, excepto por lo de estar encadenados en el sótano durante tantísimo tiempo.

Shep puso los ojos en blanco, pero después el humor desapareció de su rostro.

—La verdad es que no he sido un buen primo, lo sé.

—Sin resentimientos —respondió Dan. Amy se dio cuenta de que, para su hermano, su primo no se equivocaría nunca.

Shep carraspeó. Se puso en pie y colocó las tazas en una bandeja.

—Bueno —anunció—, al menos puedo volar.

Dan soltó una gran risotada.

—Entonces ¿vas a hacerlo? ¿Vas a recorrer dos mil kilómetros sólo porque te lo hemos pedido?

—Más bien unos tres mil. Bienvenido a Australia, amigo —respondió Shep con una enorme sonrisa, antes de entrar en la casa silbando.

Dan se inclinó hacia Amy.

—¿Por qué no pudo ser él nuestro tutor? Tuvimos la mala suerte de que nos tocase tía Beatrice *la Sangrienta*. La vida es un asco.

Nella se rió.

—*C'est la vie*, amigo mío. De todas formas, ahora me tenéis a mí: Nella *la Magnífica*.

Entonces sonó el teléfono de la niñera, que respondió a él con una sonrisa en la cara. Su rostro fue cambiando según iba escuchando lo que le decían. Alargó el brazo.

—Es Ian Kabra —le dijo a Amy—. Quiere hablar contigo.

CAPÍTULO 7

Amy sintió los ojos de los demás clavados en ella mientras cogía el teléfono. Notó que se ruborizaba, así que dio media vuelta para que Dan no la viese.

—¿Q... qué quieres, Ian? —Odiaba tartamudear. Apretó con fuerza los labios y se prometió a sí misma que no volvería a hacerlo.

—Vaya forma de saludar... —respondió Ian con su sedosa voz—. Aunque supongo que me lo merezco.

—Te mereces eso y mucho más —añadió la muchacha.

—Lo sé. Te he hecho unas cosas horribles. Pero esto es una competición. Mi padre me enseñó que lo más importante es ganar —explicó él—. Oigo su voz en mi cabeza todo el tiempo, como después de cada partida de *cricket*. «Ian, me da igual que hayas jugado bien. Tu equipo ha perdido, ¿no lo has visto? ¡Si esperabas una palmadita en la espalda, desde luego no te la daré yo!»

Amy sintió algo de lástima. Aun así, sabía que Ian la había manipulado en otras ocasiones, y no iba a dejar que lo hiciera de nuevo. No importaba lo sincero que pareciese.

—Habla con tu psiquiatra.

—Mira, me merezco todo lo que me estás diciendo. No he

llamado para recuperar tu confianza —confesó Ian—, sino porque tengo información.

—Pues cuéntaselo a quien le importe —añadió ella; Dan se acercó para poder escuchar la otra parte de la conversación. Amy se separó de él—. Realmente crees que voy a...

—Es sobre tus padres —dijo Ian—, sobre su muerte.

Amy se quedó de piedra.

—Mi madre me lo ha contado todo. Fueron asesinados.

Amy sintió un zumbido en los oídos. No podía concentrarse. La palabra «asesinados» no salía de su cabeza.

«Padres... asesinados... padres... asesinados...»

—¿Amy? —Ian siguió hablándole, pero ella no podía entender nada de lo que le decía.

¿Era algo que realmente siempre habían sabido? ¿Algo que habían guardado muy en su interior y que les daba miedo recordar?

«El fuego... la hierba húmeda contra sus piernas... Dan temblando en su regazo... humo y fuego que se extendía por el aire de la noche...»

¿Qué era eso? Una imagen se le había pasado por la cabeza. Amy se masajeó la frente con los dedos, tratando de borrar ese recuerdo.

—... quería hablarte de eso. Sugiero una tregua temporal. Te damos nuestra palabra de que no pasará nada...

«Padres. Asesinados.»

—¿Vendrás, entonces? —preguntó él.

—Dime qué sabes —respondió con dificultades para mantener el mismo nivel de voz. Podía oír los latidos de su propio corazón.

—Este teléfono no es seguro.

—¿Qué?

—Confía en mí. No lo es. Escucha, podemos quedar en un lugar abierto con mucha gente, por ejemplo el Mercado de las Rocas, en Circular Quay. Nos vemos frente al Museo de Arte Contemporáneo a las tres.

Amy no respondió.

—Espero que vengas —añadió Ian antes de colgar el teléfono.

—Bueno, ¿qué te ha dicho ese tipo? —preguntó Dan—. ¿Qué quería que hicieses esta vez? No, no me lo digas. Vas a creerte cualquier cosa que te diga, ¿no? Oh, Ian —dijo él, poniendo voz de chica y parpadeando excesivamente—, llévame a pasear en tu Barco de los Sueños...

Amy se volvió hacia él enfadada.

—¡Cierra el pico, idiota! ¡Sólo quería quedar!

—¡Me estoy volviendo loco! —respondió él, sujetándose la cabeza y moviéndose hacia adelante y hacia atrás—. ¡Mi hermana es una extraterrestre del amor!

—¡DAN!

—Ya basta, chicos —decidió Nella—. Cada uno a su esquina.

Miró a Amy, con ojos preocupados.

—Pero tú no vas a quedar con él, ¿verdad, Amy? Porque...

—Ojalá dejaseis los dos de tratarme como si fuese estúpida —dijo la joven.

—Yo llamo a las cosas por su nombre —murmuró Dan.

Amy se metió las manos en los bolsillos. Necesitaba estar a solas. Tenía que pensárselo bien, porque no era ninguna tontería. No podía hablar de ello así, sin más. Aún no.

«Padres... asesinados.»

Amy dio media vuelta y se metió en la casa. Shep iba hacia ellos, haciendo sonar las llaves del coche.

—¿Estáis todos listos para salir? Aún tenemos tiempo de dar

una vuelta rápida por Sydney, después podremos ir al mercado a por algo de comida.

—Creo que yo me voy a quedar por aquí —respondió Amy, tratando de mantener la voz tranquila—. Empiezo a notar el desfase horario, me parece. Necesito descansar un rato.

Nella la miró compasiva.

—Te sentirás mejor después de una siesta.

—¿Vas a soñar con tu Barco de los Sueños? —preguntó Dan.

—¡Ya basta! —lo regañó Nella—. Vamos a darle un respiro.

Cuando se marcharon, Amy se quedó sola con la voz de Ian resonando aún en su cabeza. «Asesinados.» ¿Estaría mintiendo? ¿Sabría quién era el asesino?

Amy se inclinó hacia adelante y respiró profundamente. Alguien había matado a sus padres y probablemente fuese alguien que ella conocía.

No podía fiarse de los Kabra. Tal vez estuviese caminando hacia una trampa, pero eso no le importaba, porque en su cerebro había una pregunta que no dejaba de molestarla: «¿Quién?».

El sol del atardecer aún era fuerte cuando dejó la parada del autobús y comenzó a caminar hacia el museo, bordeando el puerto. Circular Quay es una zona bastante frecuentada por los turistas. Sintió alivio cuando la vio abarrotada y animada. Era fácil perderse entre la errante multitud. Paró en la primera tienda para turistas que vio y se compró una gorra en la que ponía AUSTRALIA. Se puso la visera cerca de los ojos para protegerlos del brillante sol de la tarde.

Deseaba ser uno de los turistas con cámara que deambulaban por el laberinto de vías y callejuelas adoquinadas. Ésta era una de las partes más antiguas de Sydney, y las tiendas y cafeterías por las que pasaba le parecían muy tentadoras. Más allá, el espectacular Puente de la Bahía se erigía en contraste con el cielo azul brillante. Vislumbró por primera vez la famosa Casa de la Ópera de Sydney, como una flor que despliega sus pétalos. La música llenaba el ambiente. Toldos imitando el tejado de la Ópera proporcionaban sombra sobre las mesas, llenas de productos artesanales.

Pero ella no era una turista. Su paseo tenía un propósito. Cuando se detuvo a ver el escaparate de una tienda, su intención no era fijarse en los productos: lo que quería era observar a la gente que la rodeaba en el reflejo del vidrio. Cuando cogió una calle y luego volvió hacia atrás, no era porque se había equivocado de dirección, era para ver si alguien la iba siguiendo. Y cuando ladeó la cabeza para admirar los edificios a su alrededor, estaba inspeccionando los tejados de las casas y buscando destellos procedentes de unos prismáticos.

Cuando Amy tuvo la certeza de que no la seguía nadie, comenzó a caminar hacia el museo. A medida que se acercaba al puerto, fue aminorando la marcha y tomando más precauciones. Había llegado quince minutos antes de tiempo. Se acomodó en un portal, observando el remolino de turistas. Cada cierto tiempo miraba el reloj, simulando estar esperando a alguien.

De repente, sintió que alguien se le había acercado demasiado por detrás.

—Un día precioso. Espero que puedas disfrutarlo como es debido.

Amy sintió el miedo apoderándose de ella al oír esa voz severa con acento ruso. Trató de separarse, pero tenía a un grupo de turistas delante de ella, discutiendo escandalosamente sobre adónde ir a comer. Sintió que algo le presionaba la espalda.

—Por cierto, las uñas están cargadas —amenazó Irina.

Con sólo doblar los nudillos de los dedos, la ex agente de la KGB haría salir unas agujas venenosas de debajo de sus uñas que se introducirían directamente bajo la piel de Amy. La muchacha miró frenéticamente a su alrededor buscando un policía.

—No seas estúpida. Nadie puede ayudarte. Ahora, vamos.

Se alejó del puerto, caminando de nuevo calle arriba. Sus ojos inspeccionaban la zona, buscando una forma de escapar. ¿Podría correr más rápido que Irina? Pero Amy sabía que la posición de Irina era tan próxima que no podría escapar sin llevarse un picotazo de esas agujas.

—No pienses. Sólo camina. Olvídate de tus trucos. Entra ahí, vamos.

Irina la hizo entrar en un viejo edificio de piedra. La puerta estaba abierta y Amy la empujó. La mujer pasó después de ella y cerró la puerta.

Estaban en una antigua taberna. La barra de madera curvada era tan larga como la propia estancia. La opaca luz se reflejaba en varias botellas de color ámbar aún alineadas en un estante. Telarañas polvorientas colgando del techo bailaban a la luz del sol.

—Por aquí —dijo Irina, arrastrando a Amy hacia una pequeña puerta al fondo.

El miedo recorría el cuerpo de la muchacha. Había visto la intensa y vacía mirada de los ojos de Irina en la Iglesia sobre la Sangre Derramada. Aquella oscura noche, había estado a punto de matarlos a ella y a su hermano.

—No.

—Abre la puerta, por favor —ordenó Irina. Al ver que Amy vacilaba, el pie de Irina salió disparado hacia adelante y la abrió de una patada. Empujó ligeramente a Amy—. Si tuviese intenciones de matarte, ya podría haberlo hecho diez veces. Necesitamos hablar en privado, lejos de los Kabra. Cuando vean que te retrasas, vendrán a mirar aquí, así que apresúrate.

Amy accedió a un gran almacén. Enormes latas de alubias y tomates llenaban los estantes.

—¿Me has traído al súper? —preguntó en tono burlón. Tenía que espabilar y hacer que Irina no notase su miedo, aunque estuviese aterrorizada.

—A estas alturas, deberías saber que yo no entiendo tus bromas. —Irina la llevó a la parte trasera del almacén. Una puerta más pequeña se hacía hueco entre las gruesas piedras de la pared. Era de una madera antigua, llena de profundas y extensas grietas que la recorrían de arriba abajo. Irina sacó una llave larguísima, la introdujo en la cerradura y abrió la puerta. Estaba todo oscuro.

—Ahora voy a enseñarte un lugar especial de la historia australiana. —Irina le clavó un dedo en la espalda y Amy sintió su afilada uña—. Vamos.

CAPÍTULO 8

Una diminuta linterna iluminaba vagamente una escalera desvencijada. La puerta se cerró con un ruido sordo detrás de ellas.

—Encontraremos alguna rata que otra —anunció Irina—, pero aparte de eso, estamos completamente a salvo.

—No hay problema —respondió Amy—. Estoy acostumbrada a las ratas, mi familia está llena de ellas.

—Una comediante, igual que tu hermano, ¿no? —añadió Irina—. Este túnel se utilizó durante el siglo xix. Cuando cualquier borracho se pasaba bebiendo ron en un bar, a la mañana siguiente se despertaba en un barco en altamar. Los contrabandistas se los llevaban al puerto por este túnel.

Alcanzaron el fondo de la escalera. El suelo estaba sucio y de las paredes se desprendían trozos de piedra. Amy no podía ver qué había más adelante.

—¿A... adónde me llevas? —Odió el temblor de su voz. No volvería a dejar que saliese.

—¡Ja! —exclamó Irina sin gracia—. ¿Crees que te estoy raptando? Estoy salvándote. Yo nunca caería tan bajo.

—¿En serio? —preguntó la joven—. Yo pensaba que tú nunca te caías.

—¿Estás bromeando? En realidad, todo lo que dices es cierto. No hay nada que yo no haría para ganar. Pero hoy, Amy Cahill, voy a hacerte un favor. Te voy a dar un consejo que necesitas. Es éste: tienes miedo de todo menos de lo que más te debería asustar.

—Gracias —respondió Amy—. Me ha ayudado mucho.

—Por ejemplo, ahora tienes miedo de mí. Es comprensible, porque yo soy tu enemiga. Pero en este momento, soy el más pequeño de tus problemas.

—¿Tú crees? ¡Qué raro! Por lo que veo, estoy en un túnel lleno de ratas, y tú acabas de amenazarme con tu veneno.

—Otra cosa que debo decirte: no consigues recordar algo que jamás deberías haber olvidado.

—Ah, eso lo explica todo.

—Sigue así, búrlate todo lo que quieras. Pero antes de partir, debes comprender que lo que no sabes te llevará al fracaso. A ti y al mundo entero.

—¿No exageras demasiado? —Por alguna razón, mofarse de Irina mantenía su miedo bajo control.

—No. —Irina la hizo girar sobre sí misma. Estaba muy cerca de ella en la profunda oscuridad—. Escúchame, Amy Cahill. Es hora de que abras los ojos y mires a tu alrededor. Las 39 pistas son un juego para tu hermano, ¿verdad?

Amy sintió la dureza de la mirada de Irina. Sus ojos, incluso bajo la débil luz de la linterna, eran de color azul hielo, y sus pestañas, espantosamente oscuras en el contraste. No podía negar lo que Irina había dicho. La búsqueda de las 39 pistas era, en muchos aspectos, un juego para Dan.

—Pero tú lo entiendes mejor. Por eso he decidido arriesgarme tanto y hablar contigo. Tus padres murieron por esto. ¿Crees que ellos querían irse?

—¡No hables de mis padres! —Amy se habría tapado las

orejas con las manos si no hubiese tenido miedo de parecer una niña pequeña.

—No hay un solo padre al que le guste abandonar a sus hijos. ¿Crees que habrían abandonado a sus adorados niños por un juego?

—¡Basta!

—¿Crees que si tu madre os dejó solos y volvió a entrar corriendo a una casa en llamas fue sólo por su marido?

Amy miraba a Irina perpleja. Se había quedado de piedra.

—¿Cómo sabes lo que pasó? —susurró.

—Por el periódico, por supuesto. Aunque puede que esté equivocada. Tú eres la única que lo sabe a ciencia cierta, porque sabes quién estaba allí aquella noche. Tú ya eras lo suficientemente mayor como para verlo. No crees nada de lo que te dicen los otros Cahill, y eso es muy inteligente, porque cada uno va a lo suyo. Así que tienes que tratar de recordar.

—No recuerdo nada de aquella noche —dijo Amy, pero algo emergió y comenzó a flotar en su cerebro: *Césped frío, cenizas en el aire, el estallido de una ventana, Dan llorando...*

—Has demostrado ser una muchacha con recursos, lo reconozco —añadió Irina—. Eres buena improvisando, y tu hermano también. Pero a veces es necesario pararse a pensar más detenidamente. Tienes que enfrentarte a lo que no te quieres enfrentar. Mientras no lo hagas, seguirás siendo vulnerable.

—¿Vulnerable ante quién?

—Ante alguien que te dirá lo que quieres oír —respondió Irina—. Así que te lo preguntaré una vez más: ¿qué sucedió la noche del incendio?

Se atragantaba con la fría y húmeda toalla que su madre le había puesto sobre la boca. Ella le agarraba la mano con fuerza.

Oía las llamas, pero no podía verlas. El humo estaba por todas partes. Dan lloraba en brazos de su madre.

—¡No me acuerdo! ¡No era más que una niña! —El miedo le arrancó las palabras de la garganta. Las imágenes que le venían a la cabeza le daban mareos y escalofríos.

—Qué extraño —añadió Irina, con la mirada perdida, de repente—. Yo recuerdo perfectamente que tenía siete años. El día que me separé de mi madre en las calles de San Petersburgo... recuerdo el abrigo que yo llevaba, los zapatos, el color exacto del río, la mirada en su rostro cuando me encontró...

—Me alegro por ti —interrumpió Amy, tragando saliva.

—¿Visitó alguien la casa aquella noche? —preguntó Irina—. ¿Oíste algo? ¿Subió vuestra madre a buscaros? ¿Cómo salisteis de la casa?

—¡Basta!

Les costó trabajo bajar la escalera. Papá estaba en el estudio, arrojando libros al suelo.

—¡Saca a los niños de aquí! —gritó.

—¡Papá! —lloró ella. Estiró los brazos y él se detuvo un segundo.

—Cariño —le dijo—, ve con mamá.

—¡No! —sollozaba mientras su madre la empujaba a la calle—. ¡No! ¡Papá!

—No —susurró Amy—. No.

—Expulsamos de nosotros los malos recuerdos —dijo Irina; una sombría tristeza le nublaba la voz—. Nos decimos a nosotros mismos que es mejor no recordar, pero no lo es. Lo mejor es recordarlo todo, aunque sea doloroso.

—¿Qué quieres de mí?

La mirada de Irina volvió a brillar directamente sobre ella.

—Vamos, nos queda poco tiempo. Ésta es una zona Lucian.

Si ve que hemos desaparecido las dos, Isabel vendrá a buscarnos aquí.

Comenzaron a caminar otra vez. A Amy le pareció que la luz se estaba volviendo grisácea. ¿Estarían alcanzando el final del túnel? Estaba preparada para echar a correr si ése era el caso. Sintió algo correteando a su lado y saltó.

—No es más que una rata —respondió Irina—. Parte de la familia, ¿no? Hay una rata en particular que tratará de llenarte la cabeza de mentiras.

—¡Ya basta! —exclamó la muchacha—. Si no vas a matarme ni a raptarme, al menos podrías hablar claro.

Habían llegado a la puerta. Amy vio la enorme cerradura de hierro. No conseguiría salir sin la ayuda de Irina.

Irina se colocó de espaldas a la puerta.

—Está bien, voy a hablar claro. Isabel ha solicitado reunirse contigo, ¿verdad?

—Fue Ian.

Irina hizo un gesto de desdén.

—Ian es el anzuelo. Ella cree que eres lo suficientemente estúpida como para ir corriendo si él te llama. Ella lo escogió como cebo. Sabe que vendrás si quieres saber quién mató a tus padres.

—¿Lo sabe ella?

Irina levantó un hombro.

—Esa pregunta es incorrecta. La pregunta correcta es: «¿Te dirá la verdad?». Por supuesto que no. Te dirá una mentira para que te confíes. La mentira sonará a verdad. Después, te ofrecerá un trato.

—¿Y tú crees que yo soy lo suficientemente tonta como para creerme lo que me diga?

Irina levantó un dedo.

—*Nyet*, no tienes un pelo de tonta. Si estás aquí ahora conmigo, es porque eres muy lista. Has de saber que si Isabel no se sale con la suya, puede volverse algo... irrazonable. Las consecuencias serán graves si rechazas el trato.

—Entonces, ¿qué quieres que haga? —preguntó Amy.

—No vayas. No necesitas su versión sobre lo que pasó aquella noche. Tú tienes la tuya. Búscala. —Irina puso su mano sobre la puerta—. Ahora estaremos en una calle tres bloques más allá del puerto. Aquí no hay vigilancia. Puedes coger un bus o un taxi ahí fuera. Vuelve a dondequiera que te estés alojando.

—¿Por qué debería hacerlo?

Irina suspiró.

—Porque debes temer lo correcto, tal como te he explicado al principio. ¿Crees que la persona que mató a tus padres dudaría en matarte a ti también?

—No creo nada de lo que me estás diciendo —respondió Amy—. En mi opinión, estás intentando manipularme y asustarme.

La mirada de Irina ardía de ira o exasperación. Amy no sabía de cuál de las dos exactamente.

—Muchacha, sigue así. De... deberías tener miedo —dudó ella—. ¿Y si te doy una pista para que veas que te digo la verdad? ¿Te parece bien?

—¿Dónde está la trampa?

—No hay trampa —respondió Irina impaciente—. Escucha. Tarde o temprano encontrarás algo que apunta hacia el metro de la ciudad de Nueva York. La pista está escondida allí, en la baldosa de un mural. Se encuentra en la parada de la línea seis en la calle Diecisiete. Sé lo que me vas a decir: «Irina, la línea seis no pasa por la Calle Diecisiete». Por eso la pista es tan difícil de encontrar. Romero, una ramita.

—¿Por qué habría de creerte?

Irina se encogió de hombros.

—De las 39 pistas, yo te entrego una. ¿Y qué? Como dirías tú, no es nada del otro mundo. Vale la pena si así me crees.

—No podría confiar en ti ni en un millón de años —respondió Amy.

—No te pido un millón de años, ni nunca, ni para siempre —replicó Irina, malhumorada—. Sólo te pido un día, hoy mismo.

—¿Por qué estás haciendo esto? —preguntó Amy—. Si la pista es verdadera, acabas de traicionar a tu rama.

Irina se estremeció.

—Lo hago por mi rama. Espero que algún día se aclaren las cosas. —Dio vuelta a la llave y abrió la puerta—. Gira a la derecha al final de la callejuela. Vamos.

A Amy le temblaban las piernas. Estaba en un oscuro y estrecho callejón. Más adelante podía ver la luz del sol y el tráfico, un taxi pasando por allí. Cuando llegó al final de la calle, miró tras de sí, pero Irina había desaparecido.

¿Realmente la había dejado escapar, así sin más?

Tenía sus dudas. ¿Por qué iba a fiarse de Irina? De repente se quedó petrificada del miedo. Sus padres habían sido asesinados. Todo aquello era demasiado real. ¿Estaría alguien espiándola en ese preciso instante? Si Irina había mentido, entonces Amy había caído en su trampa. Si cogía un taxi o se subía a un autobús, alguien la seguiría directamente a casa de Shep. Irina había dicho «dondequiera que te estés alojando», así que aún no los habían descubierto.

Sin embargo, si Irina no mentía, entonces estaba cayendo en la trampa de Isabel.

La gente comenzaba a mirarla con curiosidad. ¿Se la veía tan aturdida como se sentía? Se obligó a sí misma a moverse. Cuando llegó a la esquina, vio que se encontraba varias man-

EN LAS PROFUNDIDADES

63

zanas más allá del museo. En el agua, un ferry pasaba por debajo del Puente de la Bahía.

Tal vez ésa fuera su vía de escape. Nadie esperaría que se marchase por vía marítima.

Vio que el ferry se aproximaba. Estaba varios bloques más allá del museo, sería muy fácil perderse entre la multitud y saltar a bordo.

Con paso decidido, Amy corrió hacia la parada del ferry. Los pasajeros hacían cola sobre la pasarela. Había llegado a tiempo.

Una vez en el muelle, comenzó a caminar hacia el barco. De repente, una lancha motora pasó volando por delante del ferry y fue directa hacia el muelle. En el último momento, paró el motor y se detuvo a pocos centímetros de éste. Un chico en la proa saltó frente a ella.

—¡Ahí estás! —exclamó Ian.

Isabel la saludó desde la cubierta.

—¡Amy! ¡Sube a bordo!

Amy miró detrás de ella. Irina estaba al final del muelle bloqueándole la salida. Llevaba gafas de sol, así que Amy no pudo ver la expresión de su cara.

La muchacha se sintió como una idiota. Irina lo había planeado todo. Seguramente la había perseguido todo el tiempo y había informado a Isabel por radio.

Ian deslizó su brazo entre los de ella.

—Gracias por venir.

Isabel volvió a saludarla, desde el timón del barco.

—¿No te parece un día precioso?

Amy sabía que no tenía opción. Había caminado directa hacia la trampa. Se quitó el brazo de Ian de encima y subió a bordo.

CAPÍTULO 9

—Toma asiento, Amy —ofreció Isabel, señalando el largo banco lleno de cojines que había en la popa de la lancha. Vestía de manera bastante informal, llevaba una camiseta a rayas, unos elegantes pantalones blancos y zapatillas deportivas a juego—. Vamos a dar un rápido paseo por el puerto, luego te enseñaré la cala más bonita. Volveremos en cuarenta y cinco minutos. ¡Te lo prometo!

—Creo que... —El ruido del motor ahogó sus últimas palabras, Isabel ya lo había puesto en marcha. El barco se alejó rápidamente del muelle, pasando justo por delante del ferry, que tocó el claxon en señal de protesta. Amy se tapó las orejas con las manos.

—¡Vaya, lo siento! —se rió Isabel, mientras giraba el timón y atravesaba la estela de otro barco. Las olas golpeaban contra el casco de la lancha—. Alejémonos de este tráfico. No te preocupes Amy, soy una experta capitana.

Amy imaginó a su hermano imitando la pomposa voz de Ian y sus palabras formales. Deseaba que estuviese ahí con ella para burlarse del chico. Cualquier cosa sería buena para detener esa sensación de miedo de su estómago.

Había tenido tanto miedo de la lúgubre y oscura Irina y de

los siniestros Holt durante tanto tiempo, que esta nueva forma de maleantes no tenía demasiado sentido.

Isabel parecía una modelo. Sus ojos brillaban y su sonrisa era generosa y cálida. Era una de las mujeres más guapas que Amy había visto. Estaba sentada allí arriba, en el asiento del capitán; su zapatilla blanca se balanceaba alegremente. ¿Era tan peligrosa? No parecía posible. No era más que otra de las mentiras de Irina.

Un abierto sendero de agua se extendía al frente. Los dientes de Amy chocaban entre sí a medida que el barco avanzaba. Sentía cómo la proa se elevaba con los movimientos del agua. Atravesaron el puerto a una velocidad que a Amy le pareció terrorífica.

—¡Mucho mejor! —gritó Isabel. Cuando se volvió, sus ojos estaban iluminados de la excitación—. ¿No os encanta?

—¡Me encanta! —gritó Ian, pero Amy notó la fuerza con la que se agarraba a la barandilla.

La embarcación iba cortando las olas a medida que entraban en una parte del puerto de aspecto más austero. Amy se movía arriba y abajo, tratando de mantenerse sobre su asiento. El viento le metía el pelo en los ojos.

Finalmente, cuando Amy creía que sus huesos se habían desintegrado después de tantos golpes contra las olas y demás, Isabel aminoró la marcha y se dirigió hacia una preciosa cala. Se trataba de una blanca playa con forma de herradura. Pudo avistar a un puñado de gente en la arena y a unos cuantos bañistas haciendo surf. Se sintió más relajada. Temía que Isabel la llevara a un lugar totalmente aislado o a alta mar. En caso de necesidad, podría saltar del barco y nadar hasta la playa desde donde estaba.

La lancha cabeceaba suavemente sobre las olas. Isabel

atravesó la cubierta y se sentó en una silla frente a Amy e Ian. Los agarró de las manos.

—Vamos a ver, muchachos —dijo—, ya basta de peleas. Si estáis aquí es para reconciliaros.

Amy la miró incrédula. «¿Peleas?» Obviamente, mamá Kabra no tenía ni idea de las tendencias homicidas de su hijo.

La muchacha soltó la mano de Isabel.

—No he venido para reconciliarme con Ian —dijo con firmeza. La aliviaba que la voz le saliese con tanta fuerza—. He venido porque él dice que mis padres fueron asesinados.

—Vas directa al grano, por lo que veo. —Isabel soltó la mano de Ian—. ¡Admiro esa actitud! Muy bien. En ese caso, voy a contarte algunas cosas en confianza y espero que lo respetes y seas discreta. No vine a Australia sólo para recoger a mis queridos hijos. —Hubo un silencio—. Hay un topo en la rama Lucian. Creemos que lleva con nosotros ya una buena temporada. Nos frustra los planes siempre que puede.

«Nataliya», pensó Amy. Ella los había guiado hasta Rusia. A pesar de ser una Lucian, los había ayudado a conseguir su última pista.

—Nos preguntábamos cómo obtendrían la información y los recursos. Después nos dimos cuenta de que probablemente sea a través de los Madrigal. Uno de los nuestros se ha unido a ellos.

Amy no se lo creía. Si Isabel se refería a Nataliya, entonces estaba equivocada.

—¿Y qué tiene que ver todo esto conmigo? —preguntó Amy.

—Creo... creemos, todos los que estamos en los niveles más elevados, que esta persona, este espía, este topo que está del lado de los Madrigal, es la persona que mató a tus padres.

«No.» Estaba claro que Isabel no hablaba de Nataliya. Era

otra persona. Nataliya había arriesgado mucho para poder ayudarlos.

—¿Cómo lo sabes? —preguntó tragando saliva.

—El incendio fue provocado. Y además, fue muy astutamente planificado —explicó Isabel—. Nosotros mismos lo investigamos. Todo esto te causará un gran impacto. Lo siento mucho, pero tienes que asumirlo. Necesitas ver a quién te estás enfrentando. Los Madrigal son despiadados.

—¿Por qué debería creerte? —dijo Amy desafiante—. ¿Por qué debería creer a alguien?

La voz de Isabel sonaba suave.

—Por un lado, porque tus padres y yo teníamos una relación muy cercana. Su muerte me afectó profundamente. Cuando me di cuenta de que el espía Lucian estaba con los Madrigal, decidí que tenía que unirme a la búsqueda. Llamé a Ian y a Natalie. Y ahora quiero una alianza contigo y con tu hermano. Pondré a vuestra disposición toda la información, las fortalezas, el dinero... Compartiremos las pistas y ganaremos juntos.

—Basta de hablar de las pistas. Dime, ¿quién mató a mis padres?

—Irina Spasky.

El sol descendía en el horizonte, manchando el agua azul con tonos rosados. El resplandor de luz de detrás de Isabel ensombrecía su rostro, ocultando así sus rasgos. Parecía estar rodeada de fuego. A Amy le daba vueltas la cabeza.

Irina la había advertido sobre esto: «La mentira sonará a verdad». Pero ¿era realmente una mentira? ¿O era eso lo que Irina quería que pensase?

—Mi marido y yo la conocimos cuando los tres éramos adolescentes —dijo Isabel—. Yo viví todo el proceso de cambio, desde cuando era una colegiala llena de ideales hasta ahora, convertida en una asesina a sangre fría. Aunque nunca pensé que fuese capaz de atacar a sus propios familiares. Tiene hambre de pistas. Todo esto la ha trastornado. Lo siento mucho, Amy. Debe de ser muy duro oír estas cosas, pero tenías que saber quién los había matado.

Isabel se veía realmente afectada. El brillo de sus ojos y el oscuro color miel de su piel estaban llenos de compasión.

—Si unimos nuestras fuerzas, podremos vencerlos —añadió la señora Kabra—. Podemos descubrirla. Eso es lo que más teme ella. Los Madrigal... ellos serán los encargados de cambiar las reglas del juego. Es hora de innovar. ¿Qué sabemos de ellos? Sólo que están empeñados en destruir todas las ramas Cahill... y aun así, nadie sabe qué o quiénes son. Sospechamos que el grupo lo formaron varios Cahill desleales hace cientos de años, y que se han comprometido a destruir a la familia entera. Obviamente, te preguntarás por qué no se han unido todas las ramas para combatir contra ellos, pero durante todos esos años las ramas no consiguieron establecer una alianza, ni siquiera para luchar contra un enemigo común. Hasta ahora. —Isabel entrelazó las manos—. Nosotras podemos construir el futuro, Amy. Podemos encontrar las 39 pistas y tú podrás vengar la muerte de tus padres si trabajamos juntas.

—No veo qué sacas tú de todo esto —respondió Amy.

—Tu cerebro y los instintos de tu hermano. Admitirás que habéis superado incluso a mis propios hijos. Y recuerda esto, Amy: tal vez ya seas una Lucian. Grace decidió no ser de ningún bando, pero tú a mí me pareces muy Lucian —añadió Isabel. Su voz era profunda y cálida. Separó las manos—. Así que esto podría ser... una vuelta a casa. Ofrecemos una cosa más, la más importante: protección. Irina tiene muchos trucos en su manga, te lo aseguro. Y los Madrigal son despiadados.

¿Había estado en aquel túnel con la asesina de sus padres? Amy volvió a pensar en la mirada de Irina durante aquella confrontación en la cripta de la iglesia. Sabía que Irina era capaz de cosas terribles...

A menos que... Irina hubiese dicho la verdad y fuese Isabel la que mentía. Amy sintió que se le revolvía el estómago.

«No os fiéis de nadie», había dicho el señor McIntyre. Por primera vez, entendía perfectamente lo que quería decir. Arriesgaban mucho más de lo que ella había pensado. Las mentiras eran mucho más profundas, iban directas al corazón.

—¿Qué me dices, Amy? —Isabel la miraba preocupada—. Odio tener que contarte todo esto así, sin más, pero debes levantar la cabeza y espabilar, y has de hacerlo rápido si quieres sobrevivir.

¿Por qué suponía Isabel que ella la creería tan fácilmente? ¿Por qué Ian la había engañado sin demasiado esfuerzo? Entonces se fijó en él. Estaba mirando a su madre, así que tenía su hermoso perfil vuelto hacia Amy. Apenas había dicho una palabra en aquel barco. No se habían cruzado las miradas, ni siquiera una vez.

Él le había mentido en repetidas ocasiones. ¿Le habría hablado a su madre de lo ingenua que era ella?

A Amy no le importó. Si era la verdad, entonces ella y Dan ya pensarían qué hacer. Y lo harían juntos, porque eran un equipo. Ya habían llegado bastante lejos.

Con la cabeza bien alta, respondió:

—Dan y yo podemos arreglárnoslas bastante bien solos. Así que muchas gracias, pero no.

Isabel se ruborizó ligeramente. Amy notó algo de sudor sobre su labio superior.

—¿Estás completamente segura? —respondió Isabel firmemente—. Sólo tienes esta oportunidad, o lo tomas o lo dejas.

—Es mi respuesta final —añadió Amy.

La mujer se quedó en silencio un momento. Después sonrió.

—Lo entiendo. Te llevaré de nuevo hacia allá.

Se levantó y se acercó a la barandilla.

—Pero primero, ¿por qué no dedicamos unos segundos a admirar esta preciosa cala? Australia tiene las playas más bonitas del mundo, ¿no crees? Aunque, por supuesto, hay que tener cuidado con las corrientes, las carabelas portuguesas y los tiburones. Pero, claro... ¿y si son ellos los que te encuentran a ti? No son muy frecuentes los ataques de tiburones. En mi opinión, son unos animales preciosos. El gran tiburón blanco es una máquina que busca comida constantemente. Solamente tiene un propósito en la vida y sabe exactamente cuál es y lo que tiene que hacer. Con un solo mordisco puede arrancarte una pierna o un brazo. Sin embargo, no podemos culpar a los tiburones por ello. Después, cuando toda la sangre se esparce por el agua, ¿qué más pueden hacer, además de seguir comiendo?

—Mamá, por favor... —interrumpió Ian, pero su madre lo ignoró y siguió hablando.

—¿Has estado alguna vez en un acuario con un tiburón? Yo sí. He tenido la oportunidad de mirar a los ojos de un tiburón. Es como mirar a la propia muerte.

Isabel caminó hacia el otro lado de la cubierta, donde había un compartimento de almacenamiento. Abrió la tapa y sacó un enorme cubo blanco. Amy vio cómo flexionaba los músculos de sus brazos al levantar el recipiente y llevarlo hasta la barandilla. Metió la mano en él y comenzó a lanzar cosas al agua.

El olor que comenzó a sentir la ayudó a comprenderlo todo. Isabel estaba lanzando pescado al agua. Amy vio los blancos y resbaladizos trozos, con partes sangrientas. Oyó el agua salpicando, mientras Isabel seguía con su plan.

Amy echó un vistazo a la tranquila agua azul. Vio una aleta. Se movía hacia adelante y hacia atrás, a pocos metros de la lancha.

Isabel recompuso su pelo y su ropa. Se acercó a un estante que había al lado del timón y se echó un chorro de gel antibacterial que había allí. Comenzó a frotarse las manos animadamente.

—Estupendo —dijo alegremente—. ¿Por qué no me cuentas qué pistas habéis encontrado tú y tu hermano? ¿O es que prefieres nadar un rato?

CAPÍTULO 10

No había indicios de crueldad en el rostro de Isabel. Eso era lo que más miedo le daba de todo. Sólo la misma sonrisa radiante.

—¿Es que has perdido la cabeza? —preguntó Amy.

Sin embargo, Isabel no parecía estar loca. En aquel momento, Amy vio el hielo bajo su amabilidad.

—No necesitas traje de baño —añadió la mujer—. Tampoco te iba a durar mucho tiempo, unos segundos tal vez. O minutos. Los tiburones se comerán todo el pescado primero, pero luego irán directos a por ti. —Golpeó ligeramente el cubo con el pie—. Tengo mucho más si hace falta. Así que, ¿qué me dices? ¿Nadar o hablar?

—No voy a saltar al agua —respondió Amy, levantándose y yendo al otro extremo del barco.

—Bueno, si no lo haces tú misma, yo puedo tirarte —añadió Isabel—. Ya sabes: arriba y abajo. Conozco las artes marciales. No sería un problema. Además, Ian puede ayudarme.

—¿Mamá? —La voz de Ian sonó temblorosa.

Ella se volvió hacia él ferozmente. Su voz sonó como un cuchillo cortando el hielo.

—¡No me llames mamá! ¿Cuántas veces tengo que decírtelo? ¡Me hace parecer más vieja! —Recuperó la compostura y, mirando a la muchacha, se encogió de hombros—. Bueno, puede que el perezoso y cobarde de mi hijo no me eche una mano. Pero no me hace falta.

Avanzó hacia Amy y ella comenzó a recular, hasta que tropezó contra la barandilla. No había adónde ir, excepto al agua.

—Los dos hermanitos, Amy y Dan —dijo ella—. ¿Quién iba a decirlo? ¡Han encontrado un modo de recorrer el mundo! París, Moscú, Venecia, Seúl, Karachi... Habéis convertido la fortaleza Lucian en un frenesí.

—«¿Karachi?», pensó Amy, llena de terror. No habían estado allí.

—¿Quién os ayudó en Rusia? ¿Cuántas pistas habéis encontrado? —Isabel colocó sus musculosos brazos sobre la barandilla, uno a cada lado de Amy. Estando tan cerca de ella, la joven pudo ver la espeluznante perfección de la piel de Isabel y el brillo cruel en sus oscuros ojos dorados.

—Lanza más pescado al agua —ordenó Isabel a Ian.

Ian no se movió.

—¡AHORA!

Ian se incorporó y caminó hacia el cubo. El corazón de Amy le golpeaba con fuerza en el pecho y cada vez respiraba con más dificultad. Isabel ya no la tenía aprisionada contra la barandilla, pero seguía muy cerca de ella, preparada para empujarla. Amy se preguntaba si conseguiría correr hacia la proa, saltar al agua y nadar a toda velocidad hasta la playa sin que un tiburón le arrancase una pierna o un brazo.

Isabel se volvió impacientemente para observar a Ian, y Amy vio algo con el rabillo del ojo. Un abanico de colores surgió del cielo por detrás del hombro de Isabel. Naranja, violeta, rosa... varios parapentes a rayas planeaban sobre la playa. El de color naranja y rojo se movía más rápido que ninguno. Atravesaba el cielo haciendo acrobacias sobre el agua. Amy se dio cuenta de que estaba aprovechando las corrientes de aire y de que cada vez se acercaba más al barco. Vio un par de robustas piernas blancas colgando y unas enormes manos en los controles.

¡Hamilton!

Amy no parpadeó, ni siquiera respiró tratando de ocultar lo que acababa de ver acercándose a la lancha. Isabel presionó a Ian para que se diese prisa. Las aletas de los tiburones comenzaban a rodear la lancha.

La joven se puso tensa al ver a Hamilton coger una corriente descendente. El joven bloqueó el sol temporalmente. Isabel levantó la mirada, cubriéndose los ojos, y se encontró con el muchacho, que cada vez estaba más cerca.

—¡Vamos! —le gritó Hamilton a Amy. Ella se subió al banco y se aferró a los tobillos del parapentista—. ¡Muy bien! —gritó el muchacho, al ver a Amy sujetándose con fuerza y recogiendo las piernas.

Isabel bramó furiosa y trató de agarrar las piernas de la muchacha. Hamilton maniobró alejándose. Se inclinó hacia la izquierda e Isabel saltó con los brazos estirados, pero sólo tocó el aire. Al mismo tiempo, Amy dio una fuerte patada al cubo, que se volcó, vertiendo tripas de pescado y sangre por toda la cubierta. Isabel resbaló y se cayó encima. Sus inmaculados pantalones y sus zapatillas blancas estaban manchados de rojo de las entrañas de los peces. Gritó enfurecida.

—¡Así se hace, Amy! —animó Hamilton entre risas.

Otra ráfaga de viento los hizo tambalear, e Isabel consiguió alcanzar un tobillo de Amy con su apestosa mano. Ésta chilló y le dio una patada.

—¡Ah! —exclamó el joven, cuando el parapente se inclinó.

Isabel resbaló y volvió a caer sobre los restos de pescado. Amy encogió de nuevo las piernas y los dos salieron volando por encima de la barandilla del barco. A pocos centímetros de la superficie del mar, ya se veían las oscuras manchas de los tiburones nadando en el agua.

—H... Hamilton...

—Sólo un momento —respondió él.

El zapato de Amy se deslizó por la superficie. Los tiburones se acercaron a ella.

—¡HAMILTON!

—¡No te preocupes! ¡Esta preciosidad tiene un motor!

—¡Pues utilízalo!

El motor se encendió. El parapente se elevó unos centímetros sobre el agua. Siguieron avanzando, elevándose cada vez más. Poco después ya estaban planeando sobre la bahía.

—¡Perfecto! —exclamó el joven Holt—. Creo que le he cogido el truco a esto...

A la muchacha comenzaban a dolerle los brazos.

—¡Hamilton, no podré aguantar mucho más! —gritó. Si se caía desde esa altura, probablemente no saldría muy bien parada.

—*No problem!* —respondió él. Sin gran esfuerzo, el muchacho dobló sus rodillas y ayudó a subir a Amy—. Sujétate a la barra. —Amy se agarró a la barra del parapente.

»¡Tranquilo, precioso! —dijo Hamilton al parapente, corrigiendo el movimiento—. ¡Por qué poco! Perdona, es la primera vez que conduzco uno de éstos.

—¿Y has bajado hasta el barco para rescatarme? ¿No tenías miedo?

—Los Holt no sentimos miedo —respondió él—. ¿No lo habías oído nunca?

Los otros parapentistas planeaban hacia ellos en aquel momento. Amy vio la roja cara de Eisenhower, que gritaba algo.

—¿Qué dice tu padre? —preguntó Amy.

—No lo sé. Tengo la radio apagada. Probablemente quiere que aterrice para poder interrogarte. No tiene ni idea de por qué estáis en Australia, y se está volviendo tarumba. Pero vosotros me ayudasteis dándome aquella pista, así que os debo una.

Planearon hacia la otra punta de la playa, descendiendo cada vez más sobre las aguas menos profundas.

—Hay una calle al final de la playa —explicó él—. Allí podrás encontrar un camino de vuelta.

—Parece que ahora soy yo quien te debe una —respondió Amy.

—Claro, ya te la reclamaré. No te olvides de la Mili. La brigada Holt está detrás de aquella colina, así que no te verán si te das prisa. Dobla las rodillas cuando saltes y corre como un viento huracanado. Yo despegaré de nuevo.

Él hizo descender el parapente con suavidad.

—¡Ahora! —gritó, y Amy se soltó.

Dobló las rodillas al caer sobre la blanda arena y echó a correr. Hamilton volvió a elevarse, aprovechando una corriente, y en poco tiempo ya estaba alejándose por encima de ella.

Tenía espasmos en las piernas, pero se las arregló para correr calle arriba. Redujo la marcha y comenzó a caminar cuando vio que estaba a salvo. Intentó dejar de pensar en los tiburones y en la sangrienta agua.

Se metió las temblorosas manos en los bolsillos y comenzó a caminar. Las imágenes le bombardeaban el cerebro: el fuego, la sangre, los tiburones. Los labios pintados de Isabel, que parecían una cicatriz. El sol como un disco de fuego alrededor de su cabeza...

El césped húmedo contra sus pies descalzos. Humo. Fuego. Su madre inclinada hacia ella colocándole las manos sobre las mejillas...

Amy movió la cabeza de un lado a otro. ¡No tenía que recordar nada! ¡No quería hacerlo! Las imágenes hacían que se sintiese mal, se mareaba y le daban miedo.

«No consigues recordar algo que jamás deberías haber olvidado.»

Pero ¿y si ella no quería recordarlo? ¿Y si quería bloquear ese recuerdo para siempre?

CAPÍTULO 11

Mami no estaba contenta, lo cual no era nada bueno. Sin embargo, en esta ocasión, la bronca fue para la amargada de Spasky, y eso no tenía precio.

Natalie mantenía una postura erguida, aunque era bastante complicado en ese sofá tan cómodo. Se escurría todo el tiempo sobre el resbaladizo satén. Aun así, aunque Mami estaba muy ocupada despotricando, la pillaba cada vez que se relajaba.

Ian se sentó a su lado. Había regresado del mar con un horrible mareo; su semblante era del color de su nuevo bolso verde limón de Prada.

—Todo esto es culpa tuya. —La voz de Isabel había alcanzado la tonalidad fría y precisa que Ian y Natalie habían bautizado secretamente como «el escalpelo». Te abría por la mitad y te dejaba desangrándote. Ella andaba de un lado a otro frente a Irina, sus altos tacones iban dejando marcas en la gruesa alfombra de la suite del hotel. Su pesada pulsera de colgantes tintineaba con la agitación.

—Tuve que estar en remojo durante una hora para quitarme ese olor. ¡Tuve que tirar todo mi conjunto! ¡Y era de Chanel!

Natalie se estremeció. No había nada peor que perder prendas de alta costura.

—¡Eso sin mencionar que la niña se escapó! —Isabel se llevó la mano a la garganta, donde el collar de jade de Amy relucía sobre su blanco vestido sin mangas. Natalie no entendía por qué se lo había puesto cuando podía lucir diamantes.

—Disculpa, pero no entiendo por qué es culpa mía —se defendió Irina—. Te recuerdo que yo no estaba en el barco.

Ian se puso rígido a su lado, y Natalie la miró fijamente, fascinada. ¿Es que no sabía cómo debía tratar a Isabel cuando estaba enfadada? Había que estar de acuerdo en todo con ella y disculparse, daba igual lo injustas que fueran las acusaciones. De lo contrario, te buscabas problemas.

Isabel dio media vuelta y se acercó a ella. Natalie conocía esa cara. A Irina le esperaba una buena. Dos arrugas entre los ojos, la cosa se ponía interesante.

—Disculpa —repitió Isabel con una mirada fulminante—. Tenías una simple tarea. Encontrar a Amy y traerla al barco.

—Discúlpame una segunda vez —añadió Irina—. La muchacha embarcó en la lancha, y ése era el objetivo. No veo...

—¡No ves nada porque eres una idiota! —Isabel mostraba su desprecio en cada palabra—. Se suponía que tenías que traer a Amy a las tres y doce exactamente. Y se suponía que debías ir a la calle Argyle para que Ian pudiera verte con los prismáticos y yo pudiese preparar el barco. ¡No hiciste nada de eso! ¡Llegaste quince minutos tarde! ¡Quince minutos! Eso fue tiempo suficiente para que los Holt se organizasen. ¡Esos cabezas cuadradas no parecen necesitar demasiado tiempo para preparar un plan! —Isabel se plantó frente a Irina—. Nos estaban vigilando. Tú eres responsable de la contravigilancia. Echa tú las cuentas Irina. No sólo has fallado... lo has hecho de manera lamentable.

THE 39 CLUES

Natalie sonrió. ¿Por qué debía ocultarle a Irina lo mucho que estaba disfrutando de todo eso? A Irina no le entraba en la cabeza que ella no era la jefa. Ian y Natalie eran los representantes personales de Vikram y de Isabel. Ellos eran los líderes Lucian *de facto*, e Irina no podía soportarlo.

Isabel colocó los dedos índice y pulgar en forma de un círculo casi cerrado.

—Estuve así de cerca de que me contase todas las pistas que tenían. ¡Así de cerca! Ese ratoncillo estaba aterrorizado.

—¿Y si no lo hubiera hecho? —preguntó Irina.

—¿Si no hubiera hecho el qué?

—Cooperar. ¿La habrías lanzado a los tiburones?

—No me molestes con «y si esto, y si lo otro» —respondió Isabel, que dio media vuelta e hizo un gesto de desprecio con la mano—. Yo busco resultados. Y ahora hemos sido derrotados por los Tomas. ¡Totalmente inaceptable!

Isabel movió sus estrechos y tonificados hombros arriba y abajo. Cuando se volvió, su expresión era más relajada. No es que su cara mostrase demasiada emoción en ningún momento. Isabel mantenía a los mejores cirujanos de Londres muy ocupados. La habían estirado, pinchado, suavizado y rellenado. A Natalie le habría gustado que su madre no estuviese tan obsesionada, pero se imaginaba que una vez entrabas en los cuarenta, mantenerse arreglada debía de ser un trabajo agotador.

—La cuestión es, Irina, que ésta no es la primera vez que fallas en alcanzar tus objetivos —dijo ella—. Estás decayendo. Eres... bueno, voy a ser franca, eres vieja.

—Te recuerdo —dijo Irina— que somos de la misma edad.

—Piensas a la antigua —añadió Isabel—. No te mantienes a la altura. Hubo un tiempo en el que eras la mejor espía entre nosotros. Lo reconozco. Pero como no te pongas en forma, acabarás perdiendo tu puesto. ¿Me entiendes? Es la hora de la verdad, como se suele decir. Para nosotros los Kabra, no existe la palabra «fracaso».

—Querrás decir que para nosotros los Lucian, no existe la palabra «fracaso». ¿No? —corrigió Irina.

Isabel pareció confundida por un momento.

—Por supuesto, a eso me refería.

—Porque si estamos en la competición es para conseguir poder para los Cahill de la rama Lucian, no para la familia Kabra —dijo Irina—. A menos que me hayan informado mal.

—Bueno, naturalmente. —Isabel se daba pequeños golpecitos con los dedos sobre la pierna.

De alguna manera, Irina había logrado el éxito al hacer que Mami se sintiese incómoda. Isabel se quitó una pelusa del vestido disparándola como si fuese un misil. Natalie tenía esperanzas de que su madre demoliese a Irina, porque si no, les esperaba una tarde bastante desagradable.

—Y la verdad es que, en mi opinión, los Kabra sí conocen algún fracaso ocasional —continuó Irina, manteniendo una voz suave—. Tus hijos, por ejemplo.

«Bruja odiosa», pensó Natalie. Esperaba que Ian dijese algo, pero se quedó como una estatua a su lado.

Irina sonrió.

—Parece que Amy y Dan los han superado en todas las ocasiones. ¿Cuántas pistas habéis conseguido vosotros dos? —preguntó—. Y me refiero a vosotros dos, solos. ¿Cuántas? —Se llevó un dedo a la sien—. Déjame pensar... ah, ¡ya me acuerdo! Una.

—¡Mami! —Natalie se medio levantó—. ¡No puede hablarnos de ese modo!

Irina volvió a dirigirse a Isabel.

—Lo cierto es que esos dos resultan ser mucho más listos de lo que nos esperábamos. ¿Y si descubren lo que les pasó en realidad a sus padres? Ahora tienen recursos. Si les damos una razón aún mayor por la que ganar, como la venganza, entonces serán... peligrosos.

De repente, Isabel se desabrochó el collar de jade y lo tiró a los pies de Irina.

—Eso es lo que pienso de los niños Cahill. Y luego está tu ridícula obsesión con Grace. No era más que una vieja chiflada que creía ser la que más sabía. Pues bien, ni ella ni sus nietos conseguirán interponerse en nuestro camino... no importa cuánto sepan.

Irina recogió el collar y pasó los dedos por encima del dragón tallado en el centro.

—Creías que era importante —añadió Isabel—. Otro de tus errores. Esta mañana hice que lo examinaran. Es un simple collar. Una baratija a la que la niña se ha aferrado. Robarlo no fue más que una pérdida de tiempo. Ahora, ¿crees que podrás llevar a cabo una simple tarea? —Isabel le lanzó su teléfono a Irina—. Llama al Manitas.

«¿Quién es el Manitas?», se preguntó Natalie.

Irina carraspeó.

—No estoy segura de que podamos seguir fiándonos de él.

—Claro que podemos —rebatió Isabel—. Nos ha sido útil en muchas ocasiones. Dile que estoy en Sydney y que necesito algunas cosas. Lo llamaré más tarde para darle una lista.

Isabel recogió su bolso.

—Ian, Natalie, apresuraos. Nos vamos de compras.

Natalie se levantó de un salto.

—¡Por fin!

—Sal a dar una vuelta, Irina.

Dieron un portazo al salir. Natalie tenía que ir prácticamente saltando para poder mantener el paso de su madre.

—Irina simplemente está celosa de ti —dijo la muchacha—. Quiere ser la líder, pero es una inútil.

—Sí, claro —respondió Ian. Natalie lo fulminó con la mirada. Se suponía que tenía que animar a su madre. Isabel contaba con el apoyo de sus hijos.

Esperaba que su madre sonriese y que estuviese de acuerdo, pero lo único que hizo fue aporrear el botón del ascensor.

—Cállate, Natalie, estoy intentando pensar —respondió bruscamente.

Natalie frotó sus dedos contra la tela de su jersey. Cachemir. Su madre le había comprado uno de cada color. Siempre que se sentía triste o dolida, pensaba en ellos, colocaditos uno encima de otro en su enorme armario en Londres. Tenía la mejor madre del mundo.

Isabel volvió a golpear el botón del ascensor.

—Llama al conserje, Ian —ordenó ella—. Primero pide un coche, y después diles que arreglen sus ascensores.

—Sí, mami.

—Y no me dirijáis la palabra. Ninguno de los dos —dijo Isabel, mientras se abría la puerta del ascensor—. Tengo que pensar.

CAPÍTULO 12

El eco del portazo se desvaneció. Irina se quedó mirando el teléfono. Tendría que llamar al Manitas. Tal vez estuviese fuera del país haciendo algún trabajo, pero sería demasiada coincidencia.

Había uno en cada ciudad, pensaba ella, una persona que te consigue cualquier cosa que necesites: pasaportes, coches, explosivos, venenos... Los Lucian consideraban esos contactos muy valiosos. El Manitas era uno de los mejores. Él nunca encontraba obstáculos. Conseguía cualquier cosa y no hacía ni una pregunta. Ella misma había llegado a utilizarlo.

—¿Qué podría necesitar Isabel en esta ocasión? ¿Qué estaría planeando?

Inquieta, Irina caminaba de un lado a otro de la habitación. Isabel ya no se fiaba de ella, por eso ya no conocía el plan, sólo algunas partes de él.

Pasó los dedos por las frías piedras verdes del collar. Los insultos de Isabel ya no le importaban lo más mínimo. Era totalmente inmune a ellos.

Deslizó el collar en el bolsillo de su chaqueta negra y cerró la cremallera. Nunca había sido sentimental. Aun así, enten-

EN LAS PROFUNDIDADES

85

día a los que lo eran. El haber tenido a quien amar le había llegado hasta el fondo. Todavía lo sentía.

Cuando había reunido fuerzas para recoger la habitación de Nikolai, varios años atrás, doblando los pantalones preferidos del niño, encontró algo en los bolsillos. Su propia medalla escolar del primer puesto en la competición de salto. El metal estaba deslustrado; el lazo, descompuesto y descolorido. Aun así, Nikolai la llevaba consigo. La había tocado todos los días. Un recuerdo de su madre. Ella pasaba mucho tiempo fuera de casa. Necesitaba algo real para tenerla cerca de sí. Ella no lo sabía.

No sabía nada de eso.

Entonces fue cuando se derrumbó. Apretó los pantalones contra su pecho entre sollozos. Había desahogado su agonía a base de gritos. Se había recompuesto muy lentamente, pero nunca había sido la misma. Aún estaba destrozada. Había perdido a su hijo.

Metió la mano en su otro bolsillo y tocó la medalla. Ahora le tocaba a ella llevar consigo un recuerdo. Para poder tocar algo que él también había tocado.

—*Irina, el problema en Helsinki requiere tu atención.*

Mi hijo está enfermo. No es un buen momento.

Aún recordaba la risa crispada de Isabel.

—*Los niños enferman constantemente.*

—*No, es más que eso. El médico dijo que...*

—*No me aburras con los detalles. Haz tu trabajo. Los billetes te están esperando en el aeropuerto.*

Ella le había besado sus rizos dorados. Le había susurrado que sólo se iba un par de días. Anna, la vecina que cuidaba de él y a quien él adoraba, lo acompañaría en todo momento. Irina le traería cualquier cosa que él le pidiese.

Le había pedido un mono y a ella le había hecho gracia. Se había reído.

Tenía que ir de incógnito. Estaría incomunicada, sin teléfonos, nada. Así que no recibió los mensajes cada vez más desesperados de Anna. Tampoco recibió las llamadas del médico. Llegó a Moscú dos días después y descubrió que su niño de nueve años había muerto. Llevaba en la mano el mono de peluche, y en el rostro, una ilusionada sonrisa cuando la pobre Anna, que se deshacía en lágrimas, le dio la noticia.

Irina se levantó. Una vez, Isabel la obligó a hacer algo de lo que siempre se arrepentiría, pero eso nunca volvería a sucederle.

CAPÍTULO 13

El delicioso aroma de la buena comida al fuego le dio la bienvenida a Amy cuando, cansada, abrió la puerta de la casa de Shep. Le había costado cerca de una hora llegar hasta allí. Tiempo suficiente para digerir todo lo que le había sucedido, pero no para que el miedo desapareciese de su cuerpo. Aún estaba ahí, en su estómago, era un bulto frío y duro.

Cuando cerró la puerta, comenzó a temblar. Ahora que se sentía a salvo, era más consciente de lo terrorífico que era lo que acababa de sucederle. ¿Y si Hamilton no la hubiese salvado? Se vio a sí misma hundiéndose en aquella agua; vio a los tiburones nadando a su alrededor observándola con sus negros ojos muertos...

Tenía frío. No podía dar ni un paso de lo mucho que tiritaba.

En la zona de la cocina, estaba Nella haciendo la cena. Llevaba un pañuelo de colores vivos en la cabeza. Revolvía algo en una tartera mientras, fuera, Shep preparaba la barbacoa. Dan jugaba solo al futbolín, corriendo de un lado a otro de la mesa.

Nella levantó la mirada. Su sonrisa de bienvenida se desvaneció cuando se percató del aspecto de Amy.

Dejó caer la cuchara de madera, salpicando la cocina con

salsa de tomate, que se esparció por los hornillos como la sangre por el agua. Un mareo recorrió el cuerpo de Amy, acompañado de un zumbido en los oídos. La habitación comenzó a dar vueltas...

Nella la sujetó al ver que las rodillas se le doblaban.

—¡Dan, trae una manta! —La voz de Nella era firme, pero atravesó el vacío de la habitación. La niñera, como pudo, levantó a Amy y la llevó al sofá.

Lo único que Dan pudo encontrar fue la chaqueta de cuero. Se la acercó a su hermana, quien, agradecida, se envolvió en ella.

—¿Qué ha pasado? —preguntó Dan, que parecía asustado. Era como si hubiese visto un fantasma.

—No me han hecho daño. Me refiero a que si me hubiesen tirado al agua llena de sangre de pescado con los tiburones, otro gallo habría cantado. Pero Hamilton vino con un parapente y entonces...

—¿Qué? —gritó Nella, exaltada.

—¿Tiburones? —preguntó Dan, al mismo tiempo que Nella.

En resumen, Amy explicó cómo Irina la había llevado por el túnel y la había advertido de las intenciones de Isabel, y cómo aun así, había acabado en la lancha. Les contó que la señora Kabra les había ofrecido protección Lucian, y lo que le sucedió cuando rechazó la oferta. Cuando describió la tranquilidad con la que Isabel lanzaba el pescado al agua, Nella palideció. Lo extraño fue que, a medida que Amy iba narrando la historia, los temblores fueron cesando, y su miedo, desvaneciéndose.

Les contó todo, incluyendo lo de la pista sobre el romero que Irina le había revelado. Todo, excepto lo más importante: que tanto Irina como Ian e Isabel, los tres habían afirmado que sus padres habían sido asesinados. Y que la señora Kabra había culpado a los Madrigal y a Irina del crimen.

—¡Vaya, hombre! —exclamó Dan, lanzándose sobre los cojines—. ¡Me lo he perdido! Si hubiera estado ahí, le habría parado los pies a Isabel Cobra. La habríamos empujado a ella al agua. O podría haberla atado de pies y manos con tanza de pescar. ¡O podríamos haber usado a Ian como bala humana para lanzarlo contra su madre!

—Dan —reprendió Nella—, esto no es ningún juego.

Las treinta y nueve pistas son un juego para tu hermano, ¿verdad?

Dan saltó y comenzó a fingir que iba en parapente sobrevolando tiburones que intentaban atacarlo. Con la mirada fija en él, Amy decidió que no podía contarle nada sobre sus padres. Había un punto débil y secreto que su hermano trataba de esconder con bromas, y estaba relacionado con el hecho de haber perdido a sus padres cuando aún era tan niño... tan joven que aún no le había dado tiempo de acumular recuerdos de ellos. Intentaría pensar algo ella sola. Al menos por ahora.

Amy se llevó la mano al cuello, olvidándose momentáneamente de que ya no llevaba el collar de Grace. La ausencia de éste la hizo sentirse más sola que nunca. Ese sentimiento interior de que... había algo que tenía que recordar era muy grande, y la asustaba. También tendría que esconderle eso a su hermano.

Odia que me comporte como una hermana mayor, pero es que eso es lo que soy.

Nella le dio palmaditas en la rodilla.

—Comida. Eso es lo que te hace falta. —Se levantó y volvió a la cocina.

Amy se arrebujó aún más en la chaqueta. Oyó el ruido de la

tela rasgándose y gimió suavemente. ¡Lo único que le quedaba de su madre y acababa de romperlo! Pasó los dedos por el tejido, tratando de encontrar el descosido, y oyó un crujido. Se incorporó y lo examinó más de cerca. Esa costura había sido abierta y cerrada nuevamente en alguna ocasión. Buscó en el interior del desgarrón y sacó un frágil trozo de papel a rayas... una hoja que había sido arrancada de un cuaderno.

—¿Qué es? —preguntó Dan acercándose.

—Una hoja de papel de una libreta, que estaba escondida entre las costuras de la chaqueta. —Con el corazón saliéndosele del pecho, comenzó a leer las palabras en voz alta.

28 de junio de 1937

Todas las fortalezas en las que conseguí entrar parece que ahora ya no se sostienen firmemente. La guerra se ve en el horizonte y ningún lugar parece estable ni seguro, desde Natal hasta Karachi. Nos temen, y eso es bueno.

Dejamos Bandung y cogimos un avión a Darwin. Desde aquí enviamos los paracaídas de vuelta para aligerar la carga, así que voy a incluir también esta chaqueta. He encargado a GP que te la entregue. Mañana partimos para Lae. Después atravesaremos el Pacífico hasta llegar a Howland.

Siento informarte de que he fracasado en la búsqueda de nuestro asesino H; tampoco he encontrado nada que nos indique su paradero. Conseguí llegar a Batavia desde Bandung y me las arreglé para localizar a nuestro contacto. Nos habló de un «hombre con cicatrices» que, según los nativos, se había escapado de la montaña. Su cuerpo estaba intacto, pero no su mente. Lo que él había vivido era lo suficientemente terrible como para marcarlo de por vida.

Aquí en Darwin, nuestra fuente resultó ser de poca utilidad. Pronto nos dimos cuenta de que el caballero (tal vez, ésta no sea la palabra más adecuada, porque, en realidad, no era más que un embaucador) sólo estaba interesado en la recompensa. Lo único que nos entregó fueron algunos acertijos. Tuvo incluso la audacia de tratar de venderme un anillo; «Te traerá suerte», me dijo, así que lo compré con la esperanza de que me proporcionase información, pero no fue así. Cuando volví a preguntarle si conocía a H, me dijo que los dos estaban en un agujero, pero que no me preocupase. Después rompió a reír, y aquél fue el final de la conversación. Obviamente disfrutó ganando dinero sin necesidad de soltar prenda...

Voy a desaparecer en lo azul. No hay más fortalezas que penetrar. Sólo el cielo.

AE

—No lo entiendo —dijo Dan—. ¿Quién será AE? ¿Un australiano que pilotaba un avión?

—Un australiano, no —respondió Amy con una renovada excitación.

Se levantó de un salto y corrió hacia los estantes de libros de Shep. Naturalmente, ya había examinado su biblioteca. Shep tenía estanterías enteras dedicadas a libros de aviación. No tardó mucho en encontrar lo que estaba buscando. Golpeó la mesa de tablas de surf con todo el libro y Dan se lanzó sobre él.

—¿Amelia Earhart?

—¡Tiene que ser! —respondió Amy—. Su último vuelo fue en esa época.

Amelia Earhart había sido una de las heroínas de la infancia de Amy. Grace le había regalado una biografía de la piloto cuando ella tenía ocho años.

—Ella era increíble. Fue la primera mujer en volar sobre el Atlántico en solitario. Batió récords de velocidad y altura. No dejaba que nada la detuviera.

Abrió el libro por el índice y buscó el apartado «Último vuelo». Después se dirigió a esa página y leyó el itinerario.

—Mira —dijo Amy señalando sobre el papel—. Estuvo en Darwin, Australia, el 28 de junio de 1937. Estaba intentando convertirse en la primera mujer en dar la vuelta al mundo por el camino más largo. ¡Dan, fíjate en el resto de las paradas! —Colocó la nota con el itinerario de sus padres al lado del viaje de Amelia. Sus padres habían marcado muchas de las paradas principales.

—Coinciden —observó Dan—. Pero ¿por qué iban a seguir mamá y papá una ruta que Amelia había trazado tropecientos años antes?

—Unos sesenta años antes —corrigió Amy, y golpeó el papel con la mano—. Isabel mencionó algo sobre la fortaleza Lucian de Karachi. Seguro que las otras ramas también tienen fortalezas en estas ciudades.

—¿Y qué pasó cuando se marchó de Darwin, entonces?

—Voló a Lae, en Nueva Guinea, para repostar. Después partió a Howland Island, que básicamente es un puntito en medio del Pacífico, pero no llegó a conseguirlo. Su avión nunca fue encontrado. Los rumores decían que había sobrevivido, aunque la versión oficial es que ni ella ni su navegante consiguieron localizar la isla y se quedaron sin combustible. Pero antes de que eso pasase, parece ser que ella tenía una misión secreta. ¿Te das cuenta de lo que quiere decir? ¡Era una Cahill!

—¿Y quién era GP? —preguntó Dan.

Amy examinó el libro.

—Debe de ser George Putnam, su marido. Mandaron los paracaídas de vuelta porque no les eran útiles, ya que iban a sobrevolar el océano. Parece que la persona en quien confió para que enviase la chaqueta no lo hizo. Incluso en aquella época, habría sido un valioso *souvenir*. Probablemente se haya quedado en Darwin. Mamá debió de encontrar un indicio que la llevó hasta ella...

—«Nuestro asesino H» —leyó Dan—. ¿Crees que podría ser Bob Troppo? Tal vez use la palabra «asesino» irónicamente, porque le pegó a Mark Twain con su bastón. Dice que tiene cicatrices, igual que en la fotografía.

—¡Tiene que ser él! —dijo Amy—. Creo que los Cahill lo han estado buscando desde hace mucho tiempo. Me pregunto por qué. —Volvió a leer la carta—. Me pregunto dónde estará Bandung.

Shep la oyó por casualidad desde la cocina, donde estaba colocando el pescado en una fuente.

—Está en la isla de Java, no muy lejos de Yakarta —dijo—. En Indonesia.

—«Ellos nos temen» —leyó Dan—. ¿Quiénes serán «ellos»?

Amy levantó la mirada y buscó la de su hermano.

—¿A quiénes temen todas las ramas?

—A los Madrigal —respondió Dan.

—Isabel dijo que se sospecha que los Madrigal son Cahill desleales que abandonaron sus propias ramas para formar un nuevo grupo. Son como una sociedad secreta. Eso explicaría por qué nadie sabe realmente quiénes son... Porque, simplemente, les tienen miedo. —Amy frunció el ceño—. Pero Amelia Earhart no puede ser una Madrigal. Es imposible. Es una heroína, una exploradora. Y no sólo eso; ella no era... una desertora ni una malvada. No me creo que haya traicionado a su rama sólo para conseguir poder. —«O que pudiera pertenecer a un grupo que más adelante mataría a nuestros padres... si es que esa parte de la historia es verdad.»

—A lo mejor es que se le daba bien ocultar cosas, nada más

—dijo Dan, vacilante—. Bien, tenemos a Amelia Earhart, a las fortalezas de las ramas y a un desequilibrado sin nombre... tal vez sea H o tal vez, Bob. Lo que está claro es que le falta un tornillo —resumió—. Todavía no sé qué hemos venido a hacer a Australia. ¿Y qué hacían aquí nuestros padres? ¿Por qué vinieron a Sydney? Amelia Earhart no vino.

—Bueno, tal vez sólo vinieron porque querían encontrarse con Shep para que los llevase en su avión de un lado a otro. Así es más difícil que alguien te siga.

Amy se dio la vuelta para hablar con Shep y alzó la voz.

—Shep, ¿sabes por qué fueron nuestros padres a Adelaida?

—Claro, necesitábamos repostar antes de llegar a Darwin. Había varias opciones y ellos decidieron hacer escala allí.

Colocó la fuente de pescado sobre la mesa.

—No quiero entrometerme —dijo él—, pero tengo la sensación de que no conozco toda la historia. En lo que va de día, primero nos atacan unos enormes surfistas estadounidenses, después Amy desaparece durante varias horas y vuelve como si le hubiera visto las orejas al lobo y, ahora, parece que Amelia Earhart os está hablando desde su tumba submarina. ¿Vais a contarme los detalles de lo que está pasando? Dado que os voy a llevar de viaje por media Australia y que, además, soy vuestro primo, creo que tengo derecho a saberlo.

—Por supuesto —respondió Dan—. La verdad es que somos parte de una banda de ladrones de élite. Hemos irrumpido en la US Mint y hemos robado un billón de dólares en oro. Aún somos lo suficientemente pequeños como para colarnos por los tubos del aire acondicionado. Nos hemos escapado con la pasta, así que ahora nos persiguen. Lo que no saben es que trabajamos directamente para el presidente.

—Y Amelia Earhart...

—… estaba en una misión secreta buscando un lugar para esconder todo el oro mundial en una fortaleza submarina.

Shep asintió.

—Muy bien. Me alegro de haber aclarado las cosas. Ahora vamos a comer.

Amy no podía dormir. Cada vez que cerraba los ojos veía la furiosa mirada de Irina, pero en forma de llama en la oscuridad.

¿Crees que si tu madre os dejó solos y volvió a entrar corriendo en una casa en llamas fue sólo por su marido?

Recuerda aquella noche, Amy. Piensa en ello. Tú estabas allí. Tú ya eras lo suficientemente mayor como para verlo.

Toda aquella confusión, toda aquella tensión en su pecho la hacía sentir que no podía respirar. ¿Por qué tenía tanto miedo? ¿Por qué le era tan familiar Isabel y por qué la aterrorizaba tanto ese hecho?

Nella dormitaba a su lado y Dan no era más que un bulto cubierto con una manta en el sofá de la ventana. Amy se levantó de la cama. La chaqueta de cuero estaba sobre la butaca, al lado de Dan. Se la puso y se envolvió en ella. La emocionante idea de que había pertenecido a Amelia Earhart había sido sustituida por la necesidad de tocar algo que su madre también había tocado. Apoyó la mejilla contra la solapa.

—Los echo de menos. —La voz de Dan sonaba somnolienta—. ¿Cómo se puede extrañar a alguien que no se recuerda?

—Yo también los añoro —respondió Amy dulcemente—. Estar aquí es muy raro porque ellos también estuvieron.

—Sí, yo siento que podrían entrar por la puerta en cualquier momento. No sé por qué.

Amy se dio cuenta de que a ella le ocurría lo mismo. Allí se sentía más cerca de sus padres. Mucho más de lo que se había sentido en mucho tiempo. Y eso que estaban en la otra punta del mundo, muy lejos de todo lo que conocían.

Dan bostezó.

—Se separaron de nosotros durante todo un mes. —Su voz seguía adormilada, así que ella entendió que no tardaría en dormirse—. Eso es mucho tiempo para estar sin tus hijos.

—Debía de ser superimportante —susurró Amy.

—Me alegra saber que estaban buscando las pistas, igual que nosotros —dijo Dan bostezando de nuevo—. ¿No sería estupendo que cuando todo esto se acabe, Shep se convirtiera en nuestro padre? Podríamos mudarnos con él...

—No lo sé, Dan. Creo que ser padre no es lo suyo.

—La gente nunca sabe si ser padre es lo suyo o no hasta que lo es. Además, ¿te imaginas volver con Beatrice *la Sangrienta*?

Amy no consiguió hacerse una idea. Tampoco podía vislumbrar cómo sería el final de todo aquello. Sin embargo, en cuanto Dan lo dijo, se dio cuenta de que tenía razón. No podía imaginarse de vuelta con tía Beatrice, ni el regreso al colegio, ni a Boston.

Aquél ya no era su hogar.

Ya no tenían hogar.

Un minuto después, la respiración de Dan era profunda y rítmica. Amy volvió al sofá cama que compartía con Nella. Se metió de nuevo bajo las mantas y, abrazando con fuerza la chaqueta de su madre, se quedó dormida.

Entonces, comenzó a soñar. Su madre le daba la mano. La chimenea encendida calentaba la casa. De pronto, el fuego se descontroló... cenizas blancas como la nieve caían sobre el césped.

«¡Saca a los niños de aquí!»

Se despertó sobresaltada. Aún estaba oscuro y oyó a Nella, que respiraba suavemente a su lado.

Después, los recuerdos se iluminaron en su mente y las sombras desaparecieron.

No había ido a dormir después del baño. Había regresado a su lamparita verde de cristal y había cogido un libro. A veces se quedaba dormida leyendo. Era un secreto que ocultaba a sus padres, aunque su abuela sí lo sabía. Grace siempre se lo permitía.

Así que oyó el ruido de una visita que acababa de llegar, un murmullo de voces. Entonces, de repente, las voces se alzaron. Se levantó y comenzó a escuchar. Llevaba puesto el camisón de koalas que su madre le había llevado de su largo viaje. Las voces de sus padres sonaban distintas. Había algo duro en ellas, algo que brillaba y tintineaba como las monedas.

En silencio, bajó la escalera y caminó hasta llegar al estudio. No pudo ver a sus padres, pues estaban rodeados de gente extraña. La luz era tenue, pero el fuego ardía en sus corazones.

Oyó palabras aquí y allá. Amy cerró los ojos tratando de recordar.

—La violación de las fortalezas...

—¿Adónde fuisteis...?

—Nuestros viajes son asunto nuestro, no vuestro. —Ésa era la voz de su padre.

—Vamos a tranquilizarnos todos. Sólo queremos lo que es nuestro.

—¿Adónde fuisteis...?

—Decídnoslo o...

—¿O qué? ¿Te atreves a amenazarme en mi propia casa?

La voz de su madre era dura y fría. Amy tuvo miedo y rompió el cerco.

—¡Mamá!

Alguien la cogió en brazos antes de que su madre pudiese acercarse a ella, alguien que olía a perfume y maquillaje. Una mujer muy guapa con ojos grandes del color de la miel. Para Amy, reflejaban el parpadeo del fuego.

¿Y quién es ésta? ¡Qué camisón más bonito! Son unos osos muy lindos.

—Son koalas —la corrigió Amy, que estaba orgullosa de conocer la palabra.

Los dedos de la mujer se tensaron un poco. Miró por encima de la cabeza de Amy y sonrió a sus padres.

—¿Te lo han traído papá y mamá de su viaje?

La mujer la agarró con fuerza. Amy empezó a retorcerse, pero no sirvió de nada.

Y su madre parecía tan asustada...

Amy se incorporó en la cama. La verdad la dejó horrorizada. Los hechos la presionaban con fuerza, castigándola.

La mujer que la sujetaba en brazos era Isabel Kabra. ¿Quién más estaba allí? Se esforzaba por recordar. Un montón de personas que para ella eran desconocidas entonces. Tenía demasiada vergüenza como para mirarlos a la cara. Sabían que sus padres acababan de volver de un viaje, pero no estaban seguros de adónde habían ido. Por alguna razón, tenían que saberlo. Sus padres habían tratado de ocultarles el destino... hasta que una niña de siete años bajó la escalera corriendo y mencionó la palabra «koalas».

Entonces, los enemigos de sus padres encontraron su respuesta. Ella los había traicionado.

CAPÍTULO 14

—¡Buenos días por la mañana! —exclamó Shep animadamente—. Voy a hacer café y a preparar algo de desayuno. Después nos pondremos en marcha. ¿Habéis dormido todos bien?

Aún no había amanecido. Shep había encendido las luces.

—Mmmm —murmuró Nella, que todavía estaba tumbada.

—Genial —respondió Dan, sentado en medio de varias mantas enroscadas.

Mientras la niñera escondía la cabeza bajo la almohada y Shep ponía el café al fuego, Amy se levantó y fue al baño. Se veía poco expresiva. Se lavó la cara con agua fría y se miró en el espejo.

Toda aquella gente había ido a su casa para averiguar dónde habían estado sus padres. Era crucial. Descubrirlo les dijo algo. Algo que obligó a uno de ellos a iniciar el fuego.

Todo era culpa de ella.

Recordó el gesto triunfante en las mejillas de Isabel, mientras aún la tenía en brazos. El modo en que la sujetaba a pesar de que ella se retorcía... era una amenaza.

Isabel estaba diciendo: *Puedo quedarme con vuestros hijos.*

Amy cerró los ojos, recordando la expresión de miedo y dolor del rostro de su madre. Apoyada en el lavabo, se inclinó hacia adelante mientras las palabras la acribillaban en su interior:

«Culpa mía, culpa mía, culpa mía...».

Dan llamó a la puerta.

—¿Te has dormido ahí dentro?

Amy le abrió y caminó hacia el sillón. Mecánicamente, comenzó a hacer la maleta.

Nella la observaba preocupada, pero Amy evitó cruzar miradas con ella. No podía hablar de ello. Empezaría a llorar si lo hacía. Lloraría y lloraría, y nunca pararía.

«Es culpa mía que mis padres estén muertos.»

La investigación siempre la había ayudado. Si pudiese enfocar su mente hacia un problema, conseguiría olvidar lo que no quería recordar.

Mientras Shep hacía tortitas, Amy abrió el portátil de Dan y comenzó a buscar información sobre Amelia Earhart y Darwin, Australia. Amy miró algunas fotografías y encontró una que le habían sacado a Amelia en el aeropuerto de Darwin. Estaba subiendo la escalera de un edificio, con su chaqueta y un cuaderno en la mano. ¡Tal vez fuese el mismo cuaderno donde escribió la carta! Amy miró más de cerca. Un anillo con una piedra blanca lucía en el rosado dedo de la piloto. Volvió atrás y seleccionó una foto de Amelia en Bandung. Ahí ya no llevaba el anillo. Debía de ser el anillo del que hablaba, el que le vendió aquel desconocido.

Trató de ampliar la imagen, pero se veía demasiado borrosa. Dan se acercó a ella y observó la pantalla.

—¿Qué haces?

—No estoy segura —admitió Amy—. ¿Ves el anillo del dedo de Amelia? Debe de ser el que compró en Darwin. Estoy tratando de verlo más de cerca. Me pregunto por qué intentó venderle un anillo aquel hombre.

—Bueno, seguro que no era ningún amuleto de la suerte —respondió Dan, que imitó el ruido de un avión cayendo en picado y chocando contra el suelo. Amy hizo un gesto de dolor.

—Parece una piedra blanca —añadió ella.

—Probablemente sea ópalo —dijo Nella, echando un vistazo rápido al ordenador camino del baño.

—Seguramente —confirmó Shep—. El noventa y cinco por ciento de los ópalos del mundo están en Australia. Imagino que en aquella época, el comercio minero ya era bastante sólido.

—Dijo que los dos estaban en un agujero, pero que no había que preocuparse —añadió Amy.

Shep sonrió.

—¿En un agujero? Me suena a Coober Pedy. Significa «hombre blanco en un agujero» en la lengua aborigen.

—¿Quién es ese tal Coober?

—Es el nombre de un lugar, cariño —explicó Shep—. La mayor parte de los edificios están bajo tierra porque hace muchísimo calor. Demasiado calor hasta para Australia. Además, es la ciudad del mundo más rica en minas de ópalo.

—¿Dónde está? —preguntó Dan.

—Ah, un poco al norte de Adelaida. Unas nueve horas en coche.

Eso no sonaba a «poco», aunque tal vez sí lo fuera en Australia. Amy se sentía cada vez más emocionada. Se estaban acercando a algo, lo sentía; y sabía que a Dan le pasaba lo mismo.

—¿Cuánto tiempo se quedaron nuestros padres en Adelaida? —preguntó Dan.

—Déjame pensar... recogí a unos turistas en Perth y los llevé hasta Alice Springs y Uluru... o tal vez fue a Bahía Shark y Ningaloo... No me acuerdo, pero creo que no volví hasta tres o cuatro días después. Los recogí de nuevo en Adelaida y partimos hacia Darwin.

Amy y Dan intercambiaron miradas. No hacía falta decirlo en voz alta. Los dos se entendieron. Sus padres habían ido a Coober Pedy. Habían ido en coche desde Adelaida. Probablemente no quisieran involucrar a Shep más de lo necesario. No querían que corriese peligro. Amy y Dan asintieron.

Shep apuntó con la espumadera a Amy y después a Dan.

—¿Cómo lo habéis hecho? ¡Habéis tenido una conversación sin abrir la boca siquiera!

Los chicos volvieron a mirarse. «No es que no nos fiemos de él. Es que nuestros padres tenían razón: cuanto menos sepa, mejor para él.»

—¡Lo habéis hecho de nuevo! ¿Qué estáis diciendo? —Shep colocó las manos en las caderas—. Parad el carro un momento. Queréis que os lleve a Coober Pedy, ¿no es eso?

Dan sonrió inocentemente.

—Se te están quemando las tortitas —respondió.

Después de desayunar unas tortitas ligeramente carbonizadas, cargaron su equipaje en el todoterreno de Shep y se dirigieron al aeródromo. El sol estaba aún saliendo cuando se alejaban de las afueras de Sydney. Cogieron una pequeña calle que los llevó entre las colinas. Finalmente, Shep se detuvo frente a un portal metálico e introdujo un código. La puerta se abrió y ellos entraron.

—Felicidades —dijo Shep—. Acabáis de atravesar los controles de seguridad del aeródromo.

Aparcó el coche y señaló el avión.

—Em... parece un poco... ¿pequeño? —opinó Amy.

—¿Pequeño? Puedo llevar hasta catorce personas en esta preciosidad —respondió Shep.

—Eres buen piloto —añadió Nella—. ¿Verdad?

Shep se encogió de hombros.

—Menos cuando choco al aterrizar —respondió él entre risas, camino de la oficina.

—Pues sí que es raro este primo vuestro —dijo Nella bostezando.

—Vamos, echemos un vistazo al avión —respondió Dan.

Dieron una vuelta alrededor de él y Nella entró en la cabina de mando. Dan la siguió. Amy se quedó fuera, tratando de imaginar cómo sería estar allá arriba. Había viajado en un helicóptero de alta velocidad por la noche y le había parecido terrorífico. También había sido transportada por un parapente, pero, de algún modo, ese pequeño avión la hacía sentir aún más nerviosa. Tal vez fuese porque, en esta ocasión, tenía tiempo para pararse a pensar en lo pequeña que era la nave y en lo amplio que parecía el cielo australiano en comparación.

Cuando Shep salió de la oficina y se dirigió hacia ellos, el nerviosismo de Amy aumentó. ¿Un piloto no debería llevar uniforme? Era Shep simplemente, con sus pantalones color caqui y una mancha de sirope en su camiseta.

—¿Estamos, eh... se-seguros de esto? —preguntó ella, subiendo con los demás.

—¿Estás de broma? —preguntó Dan, que botaba sobre su asiento. Nella estaba entretenida observando el exterior desde la ventana de la cabina y no respondió.

—¿Nella?

Amy siguió su mirada y vio una columna de polvo que se elevaba entre unos arbustos.

Shep entró en el avión, haciendo que éste, de repente, pareciera aún más pequeño.

—¡Es un *willy willy*! —exclamó Dan, señalándolo.

—¿Un qué? —preguntó Amy.

—Así es como llamamos en Australia a los pequeños tornados inofensivos —explicó Shep, deslizándose en el asiento del piloto—. Pero eso no lo es. Por esta zona no hay. Creo que es sólo un camión que va muy rápido por un camino de tierra. Abrochaos los cinturones. Tenemos permiso para despegar. —Se puso los cascos.

Dan parecía desilusionado cuando se sentó en su asiento y se puso el cinturón. Nella se colocó el suyo, con la mirada aún fija en el polvo.

—No es un camión —respondió ella—. Es un Hummer, uno de esos todoterrenos gigantescos. ¿Podemos despegar ya? —preguntó, con una voz que de repente sonaba impaciente.

—Tengo que finalizar la inspección de seguridad —respondió Shep, amablemente. Justo en ese momento, el veloz Hummer chocó contra el portalón metálico. Shep no lo oyó, pues acababa de encender el motor y el ruido era excesivo.

—¿Puedes darte prisa? —preguntó Amy. Shep no la oyó, pero le mostró un puño con el pulgar levantado desde la cabina de mando.

Isabel Kabra conducía el Hummer. Las ruedas chirriaron cuando frenó de golpe. Amy la vio girar la cabeza, con los ojos entrecerrados por el brillante sol, intentando ver lo que había dentro de las cabinas de los aviones.

Poco a poco, la hélice del avión de Shep comenzó a ponerse en marcha.

—Muy bien, allá vamos —anunció él. El avión comenzó a avanzar hacia la pista de despegue.

Isabel seguía moviendo la cabeza. Llevaba unas enormes gafas de sol negras. Aun así, Amy tuvo la sensación de poder distinguir el brillo de sus ojos.

El avión seguía su camino hacia la pista de despegue.

Amy, Dan y Nella vieron cómo Isabel arrancaba el Hummer haciéndolo rechinar de nuevo. Para su sorpresa, Isabel salió disparada en la dirección opuesta. Pero cuando Shep llegó a la pista, vieron a Isabel detenerse en el campo al lado de ésta.

—¿Qué hace ese maldito coche ahí? —preguntó Shep.

—¿Turistas? —sugirió Nella.

Shep siguió su camino. Cogieron velocidad y Amy se relajó en su asiento. El plan de Isabel se había frustrado y probablemente estaría furiosa.

—¡A que no me pillas! —murmuró Dan.

Cuando aumentaron la velocidad, Isabel pisó con fuerza el acelerador y se metió en la pista.

—¿Qué narices está...? —dijo Shep, sorprendido.

Isabel aceleró. Amy pudo ver claramente los rostros asustados de Natalie y de Ian en el asiento trasero. Natalie gritaba con la boca totalmente abierta.

—No puedo parar. ¡Tengo que despegar! —gritó Shep.

—¡Sigue! —chilló Nella.

El avión se elevó y el automóvil se libró por centímetros.

Lo último que Amy vio fue la cara de Isabel, completamente en calma. Natalie aún estaba gritando. Isabel había arriesgado la vida de sus hijos tratando de detenerlos.

En cuanto alcanzaron la altitud de crucero, Shep se quitó los cascos.

—¡¿Qué ha sido eso?! —gritó él—. ¡Ese Hummer casi nos mata a todos! ¿Os fijasteis en quién lo conducía?

—¿Lo viste tú, Amy? —preguntó Dan.

—Me daba el sol en los ojos —respondió ella—. ¿Y tú, Nella?

—Tenía demasiado miedo como para fijarme en nada —añadió ella.

—Voy a contactar con la radio del aeropuerto para que arresten a ese idiota —anunció Shep. Se puso los cascos de nuevo y comenzó a hablar rápidamente por el micrófono.

Amy y Dan intercambiaron miradas. Era imposible que alguien consiguiese arrestar a Isabel Kabra. Y estaba sobre su pista.

CAPÍTULO 15

Volaron sobre la costa de aguas turquesa y arena dorada. Amy comenzó a cabecear y se quedó dormida. «Es normal», pensó Dan. Su hermana se había enfrentado a tiburones y agujas envenenadas, todo en un solo día. Eso podría agotar a cualquiera.

Después de una hora, ni siquiera las vistas de postal pudieron distraerlo. Dan se cansó de buscar canguros por la ventana. No se aburría tanto desde que su hermana lo obligó a hacer de niñera de sus muñecas cuando tenía cinco años. Comenzó a preguntarse por qué a Australia también se la llamaba *Down Under*. *Under* en inglés era «debajo», pero ¿debajo de qué, exactamente? Estuvo a punto de despertar a Amy para preguntarle; no obstante, decidió que tal vez no fuese muy buena idea.

La voz de Shep se oyó por un altavoz.

—Si queréis picar algo, echad un vistazo al armario, junto al lavabo.

—¡Genial! ¡Ahora sí hablamos el mismo idioma! —Pero Shep no podía oírlo. Dan se levantó y comenzó a rebuscar.

Cuando Amy se despertó, ya sobrevolaban las inmensas y vacías tierras rojas, y Dan había establecido una preciosa amistad con los aperitivos australianos.

—¿Cuánto tiempo he estado así? —preguntó Amy entre bostezos.

Dan estaba mordisqueando una patata frita.

—Toda la vida. ¡Mira todo esto! —Sujetó una bolsa de patatas—. ¡Son con sabor a pollo! Son unos genios, ¿no crees? ¿Tienes hambre? Tengo Tim Tams, Cheezels, Toobs y Burger Rings. ¿Alguna vez pensaste que pudieran hacerlos con sabor a hamburguesa? Los australianos son mis ídolos. Y mira... ¡éste es el mejor chocolate que he comido jamás!

—¡No te cebes con esas cosas, chaval! —exclamó Nella, con su acento «australiano». Llevaba puesto el sombrero de camuflaje que Dan había comprado en el aeropuerto—. Tal vez paremos un segundo por algún garito.

—¿Un garito? —Dan se rió escupiendo patatas fritas—. ¡Me encanta!

—Si vas a comer así, no voy contigo a ninguna parte —añadió Amy.

Shep se estiró y bostezó.

—¿Necesitas un descanso? —preguntó Nella—. Yo puedo llevarlo un rato. —Shep la miró inquisitivamente, así que ella se explicó—: Llevo conduciendo aviones desde que era adolescente.

—De eso no hace mucho tiempo. No me ofrece ninguna seguridad.

Nella sonrió.

—Confía en mí. Tengo licencia de piloto. Quinientas horas. Vuelo instrumental. Vuelo nocturno.

Ella y Shep comenzaron a hablar sobre corrientes de viento, fuerzas y cargas de pasajero. Dan se inclinó hacia Amy.

—¿Sabías que Nella podía pilotar un avión?

Amy hizo un gesto de negación.

—Supongo que nunca había surgido la ocasión.

—Con Nella hay muchas cosas que no salen a la luz hasta que no surge la ocasión.

Por un momento, varias dudas asomaron la cabeza en sus mentes, pero ellos las echaron a un lado.

Nella cogió los controles. Shep la observó durante un momento y se acercó a Amy y a Dan para hablar con ellos. Se inclinó hacia el mamparo y cruzó los brazos.

—Algo me huele mal aquí —dijo—. ¿Conocíais a la persona de ese Hummer? Porque no me parece una coincidencia que se haya presentado de esa forma.

Dan le mostró su mirada de inocencia.

—¿No? ¿Hay algo que queráis contarme, como por qué habéis venido a Australia realmente?

—Está bien —respondió Dan—. Supongo que va siendo hora de que te contemos la verdad.

Amy lo miró con cara de «ni de broma».

—En casa, allá en Massachusetts, Amy y yo nos colamos un día en la escuela. Hasta ahí todo bien, ¿no? Lo que pasa es que el subdirector, Mortimer C. Murchinson, es un alien. Por las noches se quita la máscara y se convierte en esa cosa de tres metros con ocho brazos...

—... que juega en el Boston Celtics —dijo Shep entre suspiros—. Ya lo cojo. —Los inspeccionó con la mirada. Después, se volvió y comenzó a andar de nuevo hacia la cabina de mando—. Si veis algún bombardero furtivo, pegad un grito, ¿de acuerdo?

—Muy bien, capitán —respondió Dan.

Nella llevó el avión durante una hora y después lo volvió a pilotar Shep para el aterrizaje en Coober Pedy.

—¿Dónde está? —preguntó Dan, estirando el cuello. En todos esos kilómetros de terreno, lo único que él veía era tierra roja. El horizonte estaba curvado, como si pudiese ver el borde del planeta.

—¿Veis esas pirámides? —preguntó Shep a través del altavoz.

—Parecen pequeñas colinas de sal —dijo Dan a Amy.

—Ésos son los montones de escombros de las minas de ópalo —explicó Shep—. Vamos a pasar justo por encima de los campos de ópalo. Esta mañana he hablado con mi amigo Jeff. Él vendrá a recogernos.

El avión descendió tranquilamente hacia la pista de aterrizaje hasta que tocó tierra y, finalmente, se detuvo. El campo de aviación era aún más pequeño que el de las afueras de Sydney. Había varias edificaciones anexas y un par de avionetas. Salieron del avión en estampida y chocaron contra un muro de calor. Dan sintió su garganta tan seca como las polvorientas colinas. Shep salió del avión, con un aspecto igual de bueno que cuando entró en él.

—¿Hace siempre tanto calor? —preguntó Dan a su primo.

—Ah, no. En realidad, hoy se está fresquito. Sólo cuarenta grados o así. Dejadme que solucione el papeleo un momento. Imagino que Jeff llegará en seguida.

Shep se dirigió hacia la oficina. Al mismo tiempo, un todoterreno cuatro por cuatro lleno de barro se acercaba rugiendo por la carretera del campo de aviación. De su interior emergió un hombre alto y delgado que llevaba los típicos pantalones cortos de color caqui.

—¡¿Os dejaron aterrizar con ese cajón naranja destartalado?! —gritó él, con un marcado acento australiano.

—La próxima vez aterrizaré en tu cabeza —respondió Shep—. Es lo bastante grande.

Los dos amigos se dieron palmaditas en el hombro. Shep se volvió hacia ellos.

—Déjame presentarte a mis primos. Hace mucho tiempo que no los veía. Amy, Dan y su niñera, Nella Rossi. Chicos, éste es Jeff Chandler, el mejor guía turístico del Centro Rojo.

—Los amigos de Shep son mis amigos —respondió Jeff—. ¿Qué os trae por Coober Pedy? ¿Tenéis hambre?

—No, gracias —respondió Amy educadamente, espantando una enorme mosca negra—. Acabamos de comer.

Él se rió.

—No, me refiero a que si tenéis hambre de ópalos y venís a ver si rescatáis algo de entre los montones de escombros. A los turistas les encanta. Sería muy raro que encontraseis alguna piedra con algo de valor, pero por probar no se pierde nada, ¿verdad?

—En realidad, mis primos están buscando algo de información —respondió Shep—. Es sobre alguien que probablemente vivió aquí en los años treinta. Tenía una cicatriz en la cara y allá en Sydney se le consideraba un criminal. Se llamaba Bob Troppo. No hablaba y es posible que tuviera problemas mentales.

—Veamos... cicatrices en la cara, un criminal, muy reservado, loco como una cabra... —pensaba Jeff en voz alta—. Me suena mucho. De hecho, la mitad de la población de este lugar encaja con la descripción. —Volvió a reírse al ver a Dan y a Amy de capa caída—. No os preocupéis. Sé exactamente con quién debemos hablar. Subid a bordo.

Entraron en el coche y se dirigieron hacia la polvorienta carretera. Jeff pisó con fuerza el acelerador y señaló los campos de ópalo.

—Si vais a ir allí, tened mucho cuidado. Cada año perdemos a un par de turistas en los pozos mineros. Es que están abiertos. Ellos se emocionan sacando fotos, empiezan a caminar hacia atrás y... ¡adiós! desaparecen de repente. ¡Toma porrazo! He de deciros que nos resulta muy molesto.

—Seguro que a los turistas les parece aún más molesto —respondió Dan.

—Da igual, ellos ya están muertos. —Jeff llevó el coche por el centro de la población, que no era demasiado grande. Parecía un pueblo sacado de una película del lejano Oeste. Los alrededores eran yermos como la luna. Las pocas personas que había en la calle llevaban sombreros de ala ancha, y muchos de los hombres tenían pelo largo y bigote. En cada esquina había señales en las que ponía «ÓPALOS» y «MOTEL SUBTE-RRÁNEO». Hasta había un cartel que anunciaba una iglesia subterránea.

—¿Dónde está la gente? —preguntó Nella.

—En estos momentos, estará o en las minas o en sus casas —explicó Jeff—, o sea, bajo tierra. Aquí, la mayoría de la gente vive en refugios subterráneos. Son frescos durante el día y cálidos por la noche.

—¡Vaya! —respondió Dan—. ¿Por eso lo llamáis *Down Under*?

—¡Claro que sí, amigo! La población va y viene, ahora somos unos dos mil, más o menos. Y tenemos unas cuarenta y cinco nacionalidades diferentes. Todos buscan hacerse ricos de la noche a la mañana. Normalmente nos llevamos bastante bien, hasta que alguien decide volar algo en pedazos. Tal vez deberíamos dejar de vender dinamita en los supermercados, ¿no?

—Está de broma, ¿verdad? —preguntó Nella a Shep.

—Me temo que no.

Jeff había reducido la marcha en la calle principal, pero luego, en las afueras, volvió a coger velocidad. Siguió su camino por la carretera de tierra con las ventanillas abiertas. Al menos habían dejado las moscas atrás.

—¡Hemos llegado! —gritó de repente.

Estaban en una zona desolada. Las colinas los rodeaban y pudieron ver las minas de ópalo en forma de pirámide, que ahora ya les eran familiares.

—¿Qué es...? ¿Adónde?

—A casa de Ken Canguro —respondió Jeff, con una sonrisa en la cara—. No os creáis ni una palabra de lo que os diga, pero la verdad es que él lo sabe todo acerca de Coober Pedy.

Con ese dudoso apoyo, salió del coche y se dirigió hacia uno de los montículos. Desde la distancia, vieron una puerta multicolor instalada en uno de los lados, en la elevación del terreno. A medida que se acercaban, observaron que estaba decorada con innumerables latas de cerveza aplastadas, que habían sido clavadas en la superficie.

—Interesante decoración —opinó Nella.

—Pues aún no has visto nada —respondió Shep.

—Podré conseguiros un buen precio si estáis interesados en pasar la noche aquí. Ken también alquila habitaciones. —Jeff abrió la puerta sin llamar y metió la cabeza dentro—. ¡Hola! —gritó—. ¿Estás en casa? ¡Soy Jeff, amigo! ¡Traigo a estos muchachos que quieren conocerte!

—No hace falta gritar, pasa antes de que se cuele todo el viento. ¡No seas imbécil! —respondió una voz profunda.

Jeff les guiñó un ojo.

—No os importe lo que os pueda decir. Se mete mucho en su papel de australiano con los turistas. Está un poco sordo, así que hablad alto.

Entraron todos y Nella cerró la puerta. Estaban en un pequeño vestíbulo. Una débil luz llegaba de una de las dos pequeñas ventanas de al lado de la puerta. Había cientos de cosas clavadas en la pared: matrículas de diversos vehículos, pegatinas para coches en todos los idiomas, camisetas, envoltorios de caramelos, postales... Había tantas cosas que estaban todas clavadas unas encima de las otras, cubriendo así las paredes como si se tratase de un extraño papel pintado. Donde se veía la pared, la gente había cubierto el hueco con firmas y mensajes.

—La casa se construyó directamente en el interior de la colina, así que ahora mismo estamos bajo tierra —explicó Jeff mientras atravesaban una cocina y la zona de comedor. Las rugosas paredes se curvaban alrededor de ellos. Era como estar en una cueva, excepto que allí había una cocina, una nevera, una mesa de comedor y una alfombra en el suelo.

Siguieron a Jeff por el interior de la casa hasta llegar a una sala de estar iluminada con lámparas. Esperaban encontrarse con una especie de búnker, sin embargo, se hallaban en una habitación normal con un sofá marrón, una mesita de café, una estantería de libros y una televisión. Hacían falta unos minutos para comprender qué había de raro: faltaban las ventanas. Aunque después del insoportable calor del exterior, allí dentro se estaba fresco y cómodo.

Sentado en el sofá, un anciano leía el periódico. Estaba completamente calvo y tan moreno como la canela. Él también llevaba pantalones cortos color caqui y una camiseta en la que ponía «NO PREGUNTES». Los miró por encima de sus gafas.

—Muy buenas, compadres. Un puñado de camaradas en mi chabola. Bien, apoltronaos mientras enciendo fuego en la parrilla.

—Para el carro, Kenny —respondió Jeff—. Han venido a conocer cosas sobre la historia de Coober Pedy, no a verte actuar.

—¿Dices que te vas a otro lugar? —preguntó el hombre entre risas—. Sabes que no llegarás a ninguna parte —añadió, dándose una palmada en la rodilla.

—¡Que no han venido a verte actuar! —gritó Jeff—. Bueno, es igual. Estos chicos necesitan algo de información —dijo alzando la voz—. ¿Has oído hablar de un tipo llamado Bob Troppo?

—Creemos que debió de vivir por aquí durante la década de los treinta —añadió Amy en voz alta—. Tal vez fuese un minero, pero no estamos muy seguros de eso. Tampoco tenemos muy claro que ése fuese su nombre completo, aunque tal vez su nombre de pila sí que era Bob. Tenía una cicatriz a un lado de la cara y no hablaba.

—Seguid.

—Creemos que tenía un conocido aquí... alguien que le vendió un anillo a Amelia Earhart.

—¡Caray! —exclamó Ken—. Y yo que pensaba que el viejo Ron nos estaba tomando el pelo.

—¿Has oído la historia?

—¡La contaba mi propio padre! Justo antes de la guerra, se fue de viaje a Darwin con algunos ópalos sueltos y algo de joyería. Me contó la historia de cómo Earhart le compró el anillo. Típico de mi padre... te contaba cualquier historia descabellada, y luego no podías comprobar si era verdad.

—Bueno, sí que sucedió —respondió Dan—. Nosotros estamos seguros.

—Es una pena que ya no esté por aquí para restregármelo —rió el anciano.

—¿Y lo del hombre de la cicatriz? —preguntó Amy.

—Por lo que dices, podría ser Tam —explicó Ken—. Mi padre lo llamaba así porque tenía mucha suerte tamizando.

Amy y Dan no parecían entender.

—Quiere decir tamizar en busca de ópalos —explicó Jeff—. Buscar ópalos en los montones de arena que se excavan de las minas. He de decir que hay que tener paciencia.

—Tam ganaba más dinero tamizando que en la mina. Era muy raro: no hablaba, sólo se quedaba con la mirada perdida, más allá de uno. Estaba claro que le faltaban un par de tornillos.

—¿Es la primera vez que alguien le pregunta por él o han venido más personas a indagar? —preguntó Dan, esperando obtener alguna información sobre sus padres.

—¿Cómo?

Dan repitió la pregunta, más alto esta vez.

—Nadie más —respondió él—. No quedan muchos en Coober Pedy que aún se acuerden de él. Nosotros somos muy reservados, además. Por otro lado, Tam no se relacionaba con la gente en la taberna. Se murió antes de que Coober Pedy echase a volar.

La cara de Nella cambió y Amy se dio cuenta de que trataba de no reírse al pensar que Coober Pedy ya había echado a volar. Parecía como si acabase de respirar pimienta y estuviese evitando estornudar.

—¿Usted llegó a conocerlo? —preguntó Dan.

—Lo vi una vez. La verdad es que a él no le gustaban las visitas. Sin embargo, cuando se estaba muriendo, llamó a mi padre para que fuese hasta allí, y yo lo acompañé. Yo no era más que un niño entonces. Le dejó la mina a mi padre en su testamento. Eso es todo. Nunca conseguimos sacar una piedra de ella. Después de eso, se marchó y nunca regresó. Se murió por ahí, solo, como siempre había querido.

—¿Sabes dónde vivía?

—¡Por supuesto! Vivía justo al lado de la mina. Se cavó una habitación allí mismo. Mucha gente lo hacía en aquella época. Él fue el primero en inventar un sistema de ventilación. Lo hizo funcionar a la perfección.

Amy y Dan intercambiaron miradas: «Ekat».

—¿Podemos verlo?

—Por supuesto, está en el vestíbulo.

—Espere un segundo —añadió Amy—. ¿Está diciéndonos que este Bob... o sea, Tam, vivió aquí?

—Bueno, no aquí aquí —añadió Ken, señalando el perímetro de la habitación—. Mi padre cavó más en la colina e hizo la casa. Tam sólo hizo un túnel y luego cavó directamente en la colina. Se hizo una habitación para él.

—¿Está aún aquí esa habitación? —preguntó Amy.

Él asintió.

—Por supuesto. Nosotros sólo levantamos una pared para bloquear la mina. Pero la habitación de Tam aún está aquí. Shazzer la arregló y la convirtió en habitación para invitados. Estoy hablando de mi tercera mujer.

—De la cuarta, creo —añadió Jeff—. Era mi madre, por si no te acuerdas. Tú fuiste mi padrastro durante un par de años.

—¡Es verdad! —rió Ken—. ¿Cómo estás, hijo? Vamos a echar un vistazo —les dijo a Amy y a Dan—. Han pasado cincuenta años por lo menos, así que no creo que encontréis nada. Pero podéis intentarlo si queréis.

CAPÍTULO 16

Poco después, Amy estaba de cuclillas en medio de la habitación.

—Ken tiene razón. Aquí ya no hay nada, hace demasiado tiempo.

Registraron a fondo la habitación, amueblada de forma sencilla, incluyendo el pequeño armario. No quedaba nada de la casa que Bob Troppo se había construido allí.

—Odio los finales sin respuesta —murmuró Dan—. Realmente creía que estábamos en racha.

Se levantaron de forma cansina y volvieron a salir al vestíbulo decorado con extraños estampados. Amy se volvió para echar un último vistazo y se quedó petrificada. Señaló el dintel de la puerta.

—¡Mira, Dan!

Entre las viejas postales de todas las partes del mundo, los dibujos alocados y los descabellados mensajes garabateados, había un dibujo tonto:

—Mamá dibujó esto —dijo Amy, con la respiración entre-cortada y señalando el corazón—. Estoy segura. ¡Está dibujado con tinta violeta! Y mira, los ojos son rojos y la sonrisa es azul. Ella solía hacer gofres en forma de corazón, con fresas en los ojos y sonrisa de arándanos. ¡Los arándanos son azules!

—Todas las madres hacen eso —respondió Dan.

—¿Y todas ponen rizos de calabacín frito? ¡Mira! ¡Son ver-des!

Dan la miró con ojos de pena.

—Me gustaba mojar el calabacín en sirope.

—¡Ha! —dijo Dan.

—Ya sé que es asqueroso, pero...

—No, digo que HA tal vez se refiera a Hope y a Arthur. ¡Es-tuvieron aquí! —A Dan le entró frío y comenzó a temblar re-pentinamente. Era como si los fantasmas de sus padres estu-viesen justo ahí con ellos, bajo tierra.

—¿Crees que sabían que íbamos a venir? —susurró Amy.

Dan hizo un gesto de negación.

—Nunca se habrían imaginado que iríamos a la caza de las pistas. ¿Grace sabía algo de los gofres con calabacín?

Amy asintió.

—Claro. Ella también me los hacía.

—Entonces debe de ser un mensaje para ella —respondió Dan—. Estaban diciéndole adónde ir.

—¿Adónde?

Dan señaló las letras en mayúsculas.

—A la mina.

Era ya el fin de la tarde, pero aún hacía un calor insoportable. La luz resplandecía con fuerza y rebotaba. Dan tenía que entrecerrar los ojos para poder leer el mapa que Ken les había dibujado. Estaban en la colina detrás de su casa. O más bien encima de ella, se corrigió Dan mentalmente.

—Lo que hay ahí es un viejo campo de minas —les había dicho Ken—, así que hay que tener mucho cuidado con los pozos... no todos están marcados. El viejo pozo de ventilación de la habitación de Tam aún está ahí... lo veréis cerca del círculo de banderas naranja. Coged el primer pozo después de las banderas y seguid hacia abajo. Podéis regresar por el mismo camino. Es pan comido, ¡aunque es más fácil aún comer pan!

Dejaron las mochilas y a *Saladín* con Ken, que tenía habitaciones libres para alquilar esa noche. Jeff tenía que volver al trabajo, lo esperaba un autobús lleno de turistas, pero Shep, Nella, Amy y Dan, con mucho cuidado, continuaron su camino por el campo. Vieron las banderas naranja de advertencia, brillantes contra el cielo azul.

—El pozo de ventilación está ahí mismo —informó Shep señalándolo—. Así que tenemos que seguir hasta la siguiente mina. Esto no es exactamente lo que tenía en mente cuando acordé traeros hasta aquí —añadió esquivando un pozo—. Un recorrido panorámico y un poco de relajación no me venían mal, pero pasear por una antigua mina no es mi idea de esparcimiento.

—No hace falta que vengas —respondió Dan—. Puedes esperarnos en la taberna.

—No voy a dejar que bajéis solos —replicó Shep—. Sé que en el pasado no he estado pendiente de vosotros, pero ahora puedo hacerlo —sonrió—. Estoy aquí para protegeros del fantasma de Amelia Earhart, o del director sin rostro.

—Subdirector —corrigió Dan.

—Hemos llegado —anunció Nella, que se había parado en

un pozo. Una escalera de hierro bajaba por el oscuro conducto que parecía no tener fondo.

—Bueno, allá vamos —dijo Shep—. Si no salimos en una hora, Jeff vendrá a buscarnos. A menos que se olvide.

Shep se agarró a la escalera con cuidado y comenzó a descender. Dan fue detrás de él. Los dedos le resbalaban sobre el metal, así que tuvo que aferrarse con más fuerza. El corazón se le salía del pecho. ¿Por qué siempre acababan bajo tierra? Cuevas, túneles de trenes, catacumbas... ¿Acaso los Cahill eran vampiros? ¿Odiaban el sol?

Nella fue la siguiente y Amy se colocó en la retaguardia. Era un largo camino hasta el fondo. La oscuridad se iba apoderando de ellos, pero había la suficiente luz como para, más o menos, distinguir los peldaños. Finalmente, Dan oyó la voz de Shep.

—He llegado. Son unos quince metros, me parece. —Una luz se encendió.

Cuando sus pies por fin tocaron el suelo, Dan respiró tembloroso, aunque aliviado. No es que fuese a decirle a nadie cómo se sentía, pero le daba miedo estar tan abajo, en un pequeño agujero.

Habían comprado potentes luces en el pueblo, una para cada uno, y Dan encendió la suya. El brillo iluminó el pozo. Una linterna olvidada y cubierta de polvo yacía en una esquina. Las paredes parecían haber sido excavadas y abiertas a mano.

—Está bien. Si seguimos el túnel principal y giramos a la izquierda, deberíamos encontrar la mina de Bob —explicó Shep.

Dan sintió que los pulmones se le constreñían. Con cada paso, levantaban más polvo, y él sentía la familiar opresión en su pecho.

—¿Estás bien? —susurró Amy.

—Perfecto —respondió él. Nunca quería admitir que tenía dificultades para respirar.

Nella deslizó el inhalador en su mano y él se lo llevó a la boca rápidamente. El túnel se hacía cada vez más estrecho. Cada pocos metros, encontraban un punto que había sido trabajado por un minero. Dan esperaba que las paredes brillasen con muchos colores, como el ópalo, pero eran de un beis calcáreo apagado.

El túnel se volvió aún más estrecho y después vieron una curva cerrada hacia la derecha. Una pila de escombros se extendía frente a una abertura.

—Creo que es aquí —opinó Shep. Se arrodilló y observó el montón de restos detenidamente. Dan miró por encima de su hombro.

Dentro de la abertura había una estancia similar a una cueva.

—Debía de vivir en la mina, además de en la habitación de casa de Ken —añadió Shep.

Amy y Dan entraron primero. Allí había más claridad debido al conducto de ventilación, que permitía que una tenue luz se colase desde el exterior por una esquina.

Amy se agachó y levantó un periódico. Lo iluminó con su linterna.

—Es de Adelaida, de 1951. Debe de ser aquí —opinó ella—. Ken dijo que Tam se fue de aquí a principios de los cincuenta. Si era tan joven cuando asaltó a Mark Twain, probablemente tuviese unos noventa años entonces.

Shep entró en la habitación.

—¿Acabas de decir que asaltó a Mark Twain? —preguntó con las manos en alto—. Da igual, no me lo contéis.

Dan hizo un barrido con su linterna por la pared.

—Amy, mira esto —dijo—. Escribió por todas las paredes. —Al principio pensó que era un simple dibujo, pero después se dio cuenta de que se trataba de las palabras «anillo de fuego», escritas con letras pequeñas y apretadas.

Las palabras nunca se acababan. Diminutas, medio borradas en algunas partes y cubiertas de polvo en otras. Recorrían la habitación entera, una tras otra, como un papel pintado maníaco que cubría cada esquina de la caverna. Dan y Amy pasaron las linternas a su alrededor.

—¿Cuánto tiempo crees que le llevó? —preguntó Amy susurrando.

—Años —respondió Shep, mirando a todos lados—. Hay que estar muy mal de la cabeza para hacer esto —añadió con un silbido.

—Anillo de fuego —leyó Dan—. ¿Qué quiere decir?

—¿Un anillo de ópalo? —preguntó Amy—. Esas piedras tienen brillos rojos y amarillos por todas partes.

Shep caminó hasta la pared del fondo y la golpeó con los nudillos.

—Esto no es sólido. Debe de ser la pared común con la casa de Ken. —Se acercó más y, accidentalmente, golpeó con el pie una vieja y polvorienta caja de herramientas. Volvió a tocar con los nudillos varias zonas—. Sí, esto no es más que una pared de yeso. Qué raro...

—¡Amy! —gritó Dan—. ¡He encontrado algo! ¡Una fecha! Está grabada en la roca.

1937 M

—¡Y hay una M a su lado! —exclamó ella.

—Tal vez signifique que Amelia Earhart era una Madrigal —dijo Dan—. Él sabía que ella lo buscaba. Es el año en que los Madrigal vinieron.

—No tenemos la certeza de que fuera una Madrigal —discutió Amy. No podía aceptar que su heroína de la niñez lo fuese—. Tal vez estuviera aquí para protegerlo de los Madrigal.

—Nuestros padres debieron de ver este sitio —dijo Dan—. Pero ¿cómo entraron? ¿Y cómo salieron?

—Tal vez se alojaron en esa habitación aquella noche y rompieron la pared para entrar —respondió Amy—. Es posible que la arreglaran después.

—Podrían haber dejado un martillo y unos clavos fuera —dijo Shep—, y después colar la caja de herramientas por la abertura. Esta caja de aquí no parece tan vieja.

—Ken no los habría oído, seguramente —añadió Dan—. Está medio sordo.

—Papá era un manitas, y a mamá tampoco se le daba nada mal —respondió Amy—. Ellos dos restauraron un montón de cosas en nuestra vieja casa.

—¡Oye, igual somos Ekat! —susurró Dan.

Se acercó al conducto de ventilación y echó un vistazo a la pared.

—Aquí hay un dibujo y una especie de cita.

Parcialmente escondida entre un torrente de palabras que se repetían, vieron una imagen:

—Es un poco triste —opinó Amy.

—A mí me suena a filosofía Cahill —murmuró Dan—. Basta con decir mentiras todo el tiempo.

—Mira el dibujo. Parece un cono de helado puesto boca abajo, pero con flechas.

—Personalmente, prefiero las virutas de chocolate.

—Creo que este dibujo representa la habitación donde nos encontramos —opinó Amy—. Imagino que este hueco de aquí es donde antes estaba la puerta.

—Espero que no dejase su trabajo fijo —bromeó Dan—. La verdad es que no era muy buen artista.

—«Ser directo y honesto no es seguro» —leyó Amy—. Me pregunto por qué habrá escrito eso.

—No lo escribió él —explicó Nella—. Es de Shakespeare, de su obra *Otelo*. Fui Desdémona en mi último año de instituto. Ambientamos la obra en el futuro y llevábamos ropa hecha con papel de aluminio. Fue todo un éxito.

—Vamos a ver —dijo Dan poniéndose de rodillas y comenzando a inspeccionar a lo largo de la pared.

—¿Qué estás buscando? —preguntó Amy.

—Es raro que escribiera la palabra «seguro» ahí mismo. A lo mejor no hablaba de «estar seguro». Tal vez se refiriera a un «escondite seguro».

Amy se agachó con Dan. Deslizaron las manos por la pared en la esquina.

—He encontrado una junta —anunció la joven Cahill emocionada—. Necesitamos algo para hacer palanca.

Nella rebuscó en la caja de herramientas y cogió un cincel. Amy, suavemente, comenzó a hacer fuerza sobre la junta. Sintió que la roca empezaba a ceder. De repente, saltó encima de su mano.

Dan se acercó a echar un vistazo.

—Hay una abertura. —Metió la mano en ella—. ¡He encontrado algo! —Sus dedos rodearon algo suave y frío. Sacó una pequeña caja metálica. La abrió y en su interior encontró un sobre de cuero atado con un cordel del mismo material.

Lentamente, Dan desenroscó el cordel. Abrió el sobre y vio que estaba vacío.

—¡No es justo! —gritó.

Amy se sintió decepcionada.

—¡Alguien ha llegado aquí antes que nosotros!

—¡Como nuestros propios padres! —Dan tiró el sobre de cuero a un lado en señal de frustración.

—Espera. —Amy recogió el sobre. Pudo distinguir unas letras de color dorado que ya estaban medio borradas—. ¡Es un monograma! ¡R C H!

Miró a Dan.

—Amelia estaba buscando a H, ¿te acuerdas? ¡Éste debe de ser el verdadero nombre de Bob Troppo!

—Pero ¿cómo podemos averiguar quién era él? —preguntó Dan—. No sabemos dónde nació ni de dónde venía...

—Bueno, pero al menos ya tenemos por dónde empezar. —Amy se levantó velozmente—. Necesitamos el ordenador.

Nella se llevó un dedo a los labios repentinamente.

—Oigo algo —susurró— allí arriba...

Dan se acercó al conducto de ventilación, se colocó debajo de éste y miró hacia arriba. Oía el sonido de unas voces, pero no veía a nadie, sólo un tenue círculo de cielo azul.

—Es aquí —dijo alguien. Dan vio una sombra y retrocedió rápidamente.

—¡Puaj! —Alguien soltó un gemido agudo—. No las pongas cerca de mí.

—Suena como Natalie Kabra —susurró él.

—Estoy rodeada de idiotas —dijo una mujer impacientemente—. Dame el bote.

—Ésa es Isabel —murmuró Amy.

De repente, algo cayó a través del conducto de ventilación. Era negro y tenía el tamaño de un plato de postre. Dan lo sintió rozándole el brazo. Miró fijamente hacia abajo y vio la más grande y peluda araña que jamás había visto. El animal comenzó a trepar por su brazo hacia la cara. Él gritó y se apoyó contra la pared. Estaba demasiado paralizado como para tocarlo.

Shep corrió hacia él.

—No pasa nada —dijo. Le quitó el bicho y éste corrió por el suelo y se alejó de ellos—. No es venenoso.

—Creo que deberíamos separarnos del conducto —opinó Amy.

Todos la miraron durante un segundo. Después, rápidamente, comenzaron a caminar hacia atrás al ver caer una cascada de arácnidos al suelo. Poco después, tenían una gran alfombra de arañas peludas correteando y moviendo sus enormes patas. Amy gritó asustada.

—¡Alejaos! —ordenó Shep. Tragó saliva y señaló una araña peluda del suelo—. Ésa es una *Atrax robustus*. Y ahí hay otra...

Dan estaba sin aliento. Todavía temblaba tras el encuentro con la araña del tamaño de un plato.

—¿La araña más venenosa de mundo?

—No pasa nada, no es agresiva —dijo Shep—. Simplemente... no las pongáis nerviosas.

—¿Cómo se hace eso? —gritó Amy.

—¿Deberíamos razonar con ellas? —preguntó Nella, nerviosa.

—Bien, tenemos buenas noticias —anunció Shep revisando el suelo rápidamente—. Me parece que sólo veo dos.

—¿Te parece? —preguntó Nella, separándose de un salto de un espécimen peludo.

Una de las *Atrax robustus* se había desplazado hacia la salida. Estaba allí quieta, con sus patas peludas en alto, en una tentativa de explorar sus nuevos alrededores. La otra comenzó a subir por una pared, y ellos se alejaron cuanto pudieron.

—Bien —añadió Shep examinando las otras arañas sin apartar la vista de las dos más peligrosas—. Parece que sólo tenemos dos *Atrax robustus*, pero hay unas cuantas *Latrodectus hasselti*. No son mortales, pero sus mordeduras pueden ser bastante fastidiosas. Vamos a tener que salir de aquí, pero no os preocupéis. Sólo vamos a...

Se oyó otro suave golpe. Una nueva criatura había aterrizado sobre el polvoriento suelo. La serpiente se enroscó y levantó la cabeza.

Oyeron la risa de Isabel a través del conducto.

—¡Hola! —exclamó—. ¡Pensábamos que estaríais un poco solos ahí abajo, así que decidimos traeros algunas mascotas!

Dan tragó saliva.

—No me digas que eso es lo que yo creo que es...

—Una taipán —añadió Shep, con la respiración entrecortada—. La serpiente más...

—... venenosa del mundo —terminó Dan.

CAPÍTULO 17

La serpiente se deslizó a través de la pequeña habitación. Dan suponía que no estaría muy contenta después de caer unos quince metros y luego chocar contra el suelo.

—Que no cunda el pánico. Dejadla que vaya a lo suyo —sugirió Shep susurrando.

—No tengo la menor intención de interferir en sus asuntos —respondió Nella alejándose.

—Su veneno contiene una neurotoxina que puede provocar parálisis —explicó Dan—, pero también tiene una miotoxina. O sea, que puede provocar desgarros en los tejidos musculares.

—No necesitamos los detalles —dijo Nella—. Podemos resumirlo en... no dejes que te muerda.

La serpiente marrón y naranja siguió su camino hacia la salida al túnel principal. Se veía la lengua entrar y salir de la boca. Debía de medir unos dos metros y medio. Aguantaron la respiración al ver que levantaba la cabeza, pero el bicho se enroscó y se puso a descansar en el suelo de la mina. Tendrían que pasar por encima de ella para poder salir.

Shep estiró el brazo y cogió un martillo.

—Tarde o temprano se moverá. Nosotros podemos esperar.

Dan sintió la usual opresión en su pecho y comenzó a resollar. Tosió y Amy lo miró preocupada.

—¿Estás bien?

—Sí —apenas pudo responder.

—¡Dan! ¡Tu inhalador! —La voz de Nella sonaba apremiante—. Lo tienes en el bolsillo.

Metió la mano en el bolsillo. Allí encontró un paquete de caramelos, una roca genial que había encontrado en el jardín de Shep y un trozo de una barrita de cereales que estaba guardando para más tarde. Tiró de él y el inhalador salió volando por el aire, aterrizó en el suelo de la mina y rodó hacia la serpiente.

Parecía que se les había parado el corazón a todos. El único sonido era el de la respiración de Dan.

El inhalador se detuvo a pocos centímetros de la taipán.

Dan resollaba cada vez más y se llevó las manos al pecho instintivamente.

—Yo iré a buscarlo —se ofreció Nella.

—No —dijo Shep con voz baja pero autoritaria, que ya había comenzado a moverse. Con el martillo levantado para defenderse en caso de ataque, se acercó a la serpiente, que seguía sacando la lengua. Golpeó ágilmente el inhalador con un pie y lo envió en dirección a Nella. Después se volvió de un salto al ver que el animal comenzaba a moverse. La serpiente se deslizó un par de centímetros más y después volvió a detenerse. Amy suspiró inquieta.

Nella dio una patada a una araña que estaba sobre el inhalador y, rápidamente, se lo entregó a Dan.

El muchacho sintió que los pulmones se le abrían y empezó a respirar más desahogadamente, aunque seguía sintiendo la opresión en su pecho y todavía resollaba. Ese ataque había sido de los malos. Había demasiado polvo en el aire, y que la cueva estuviese llena de criaturas venenosas no calmaba sus nervios. Se inclinó hacia adelante y vio varios puntos negros pululando delante de su cara.

«El pánico lo empeora», se dijo a sí mismo.

—Sigue respirando, Dan, despacito y con buena letra —le dijo Nella, y después se dirigió a Shep.

—Tenemos que salir de aquí. El niño necesita atención médica.

A Dan le daba miedo no tener aliento suficiente para decir: «Estoy bien».

Una araña comenzó a subir por una de las zapatillas deportivas de Amy, y ella gritó y saltó bien lejos.

—No pasa nada, no es venenosa —le dijo Shep. A continuación, llamó a Nella—. Acércate a la caja de herramientas y, con cuidado, asegúrate de que no hay ningún bicho ahí dentro. Después, pásamela.

Cautelosamente, Nella levantó la caja y se la entregó.

—Vamos a hacerle una visita sorpresa a Ken —anunció Shep—. Tenemos que hacer una puerta nueva. Quédate ahí, Dan. —Se acercó a la pared con el martillo. Una buena parte cayó al suelo.

—Dame un martillo —sugirió Nella—, yo te ayudo.

—Vosotros dos vigilad la serpiente y las arañas —dijo él—. Avisadme si vienen hacia aquí.

Golpeó la pared y ésta se rompió en pedazos. Nella balanceaba el martillo dando golpes fuertes. En pocos minutos, habían abierto un agujero lo suficientemente grande como para poder atravesarlo. Dan fue primero y, después, uno a uno, entraron todos en el armario de Ken.

Dan se sentó en el suelo, casi sin poder respirar.

—Necesita un médico —repitió Nella ansiosa.

—Llama a Jeff y dile que es una emergencia —dijo Shep—. Después pídele que avise a la policía.

Cuando el doctor examinó a Dan, éste ya se sentía mejor. El médico le aconsejó que se mantuviese lejos de las minas de ópalo y Dan accedió inmediatamente.

—Es la primera vez que te oigo responder «Sí, señor» a una figura de autoridad. Lo digo en serio —dijo Nella con una sonrisa de oreja a oreja, mientras se subían al coche de Ken. Le pasó un brazo por encima de los hombros y hasta le dio un beso en la frente, pero a Dan no le importó—. No me asustes nunca más de esa manera, ni de ninguna otra.

—Ni a mí —añadió Amy—. Tal vez deberíamos dejar las minas fuera de nuestro itinerario de momento. —La niña parecía hablar a la ligera, pero aún estaba nerviosa de ver a su hermano tan pálido y enfermo.

A Ken no le hizo ninguna gracia lo que vio en la habitación de invitados. Había perdido una pared en el armario, por no mencionar que una serie de criaturas mortíferas yacían al otro lado. Con la ayuda de algunos expertos de Coober Pedy, atraparon a la serpiente y a las arañas, y se las llevaron a otro lugar. La policía hizo varias preguntas, pero Dan y Amy no tenían respuestas. Shep seguía con el ceño fruncido, con aire de preocupación. Al final, Shep y Jeff se ofrecieron a llevar a Ken a la taberna, a ver si se calmaba un poco.

Había sido un día muy largo. Aun así, Amy se moría de ganas de investigar las iniciales que habían encontrado en el sobre de cuero. Después de una cena rápida, encendió a toda prisa el portátil de Dan.

—Muy bien —dijo ella, con los dedos colocados sobre las teclas—. ¿Qué buscamos? Las letras RCH no nos llevarán a ningún lado por sí solas.

—Tal vez debamos suponer que la C viene de Cahill, ¿no crees? —sugirió Dan.

Amy asintió.

—Yo estaba pensando lo mismo. También podemos suponer que en 1896 estaba en Sydney, entonces tendría unos veinte años, o así. Eso quiere decir que debió de nacer más o menos en...

—En la década de los setenta —añadió Dan.

Amy abrió un buscador.

—Bien, vamos a buscar por Robert Cahill lo que sea... porque Bob es el diminutivo de Robert y es posible que ése fuera su verdadero nombre. Voy a probar con... Robert Cahill, Sydney, 1890. —Amy gimió al ver la larga lista de resultados que obtuvo—. No parece nada prometedor —murmuró.

—Prueba con Darwin —sugirió su hermano—. Es una ciudad más pequeña.

—Especialmente en aquella época —añadió Amy.

La muchacha introdujo «Robert Cahill», «1890» y «Darwin». Otra lista de entradas apareció en la pantalla. Comenzó a leer.

—Esto no funciona, sólo me salen referencias a Charles Darwin... espera un momento... —De repente, Amy se incorporó—. ¡Tiene que ser esto! ¡Ya sé su nombre! Es...

CAPÍTULO 18

—Robert Cahill Henderson —repitió Isabel por el teléfono móvil—. Lo tengo.

Dio media vuelta para hablar con sus acompañantes, que estaban en el asiento trasero. Habían salido pitando de Coober Pedy, pero ella se había detenido en medio de la carretera para responder a una llamada que estaba esperando.

—Ya era hora de que alguien hiciese algo bien. La fortaleza Lucian había usado el ordenador de su madre para analizar todos los Ekaterina conocidos desde 1840 hasta 1900. La máquina había encontrado una coincidencia entre Coober Pedy y Cahill. Aparentemente, incluso los idiotas mudos y locos tenían que usar su verdadero nombre para reclamar una mina. Robert Cahill Henderson era la persona clave.

—¿Adónde vamos ahora, entonces? —preguntó Natalie, moviendo su largo y sedoso cabello sobre los hombros—. Espero que sea un buen lugar para ir de compras. ¿Dubai, por ejemplo? —preguntó llena de esperanza.

—Yakarta —respondió su madre.

—¿Dónde está eso? —quiso saber la niña, que se recostó bruscamente en el sillón en señal de réplica—. No suena nada glamuroso.

—¿Para qué os pago una educación? —protestó Isabel—. Yakarta está en Java. Henderson compró allí un pasaje para viajar a Sydney en un barco llamado *Lady Anne*. —Isabel miró a Irina—. ¿Cuál es tu *problemski*, camarada? ¿Estás preocupada por los dos hermanitos, Amy y Dan? Parece que tienen nueve vidas. Han sobrevivido. Pero un pequeño susto los mantendrá a raya.

Irina no articuló palabra. Llevaba a sus pies un bote y una caja, ahora vacíos, que el Manitas le había entregado a Isabel. La propia señora Kabra, entre silbido y silbido, había transportado a los animalitos al avión privado que había alquilado para viajar a Coober Pedy. También se las había arreglado para conseguir un Hummer que la llevase desde Adelaida.

Irina no supo qué había en la caja hasta que Isabel la abrió y, con una sonrisa en los labios, comenzó a vaciar el bote de arañas. El plan inicial consistía en liberar a las arañas en la habitación del hotel de los Cahill, pero esta jugada era mucho mejor. ¡Tirarlas por el conducto directamente sobre sus cabezas! Isabel también se las había apañado estupendamente con la serpiente. No le había costado ningún trabajo abrir el seguro de la caja y recoger al bicho por detrás, provista de unos grandes guantes. Le había encantado. Disfrutaba con la idea de una muerte terrorífica.

—Quiero que sigas la pista de los mocosos Cahill. Yo me llevaré a Ian y a Natalie conmigo. Infórmame de sus movimientos. Si por alguna extraña casualidad ves que se dirigen a Java, entretenlos. Estoy hasta las narices de cruzármelos por todas partes.

—¿Y luego? —preguntó Irina.

—¿Y luego qué? —repitió Isabel, irritada, mientras se revisaba la pintura de labios en el retrovisor de su coche, que después ladeó para ver a Irina.

—No tardarán en retomar el camino —respondió la ex espía—. Ya hemos visto lo tenaces que son. ¿Cuál es tu plan final con respecto a ellos?

Isabel se encogió de hombros.

—Aún no he pensado en eso. Me estoy concentrando en esta pista. Yo creo que podemos encontrar las treinta y nueve pistas, ¿os lo imagináis, niños? Porque estamos seguros al cien por cien de que Robert Cahill Henderson tenía la mayoría de ellas, si no todas. Amy y Dan serán irrelevantes. Serán polvo. No valdrá la pena perder el tiempo con ellos. —Isabel jugueteaba con las cuentas de oro de su pulsera, después fijó la atención en sus uñas.

Irina observó la despreocupada indiferencia de Isabel, como si su manicura fuese lo más importante del mundo. La conocía muy bien y desde hacía mucho tiempo. Era verdad que se preocupaba mucho por sus uñas, pero también se preocupaba de cómo eliminar el polvo.

Isabel había usado algunos de sus mejores trucos para asustarlos. Pronto liberaría su ira. Irina notaba cómo se acumulaba.

«Ha sido un camino muy largo —pensó—. Ahora, por fin puedo ver el final.»

CAPÍTULO 19

—Robert Cahill Henderson fue un químico brillante —dijo Amy leyendo velozmente—. Además, estuvo prometido con la prima de la reina Victoria. Fue un gran conocedor de las teorías de Darwin, por eso el buscador nos mostraba tantas páginas web. Esto es fascinante...

—Sí, ya. Despiértame cuando por fin se haya acabado —protestó Dan, recostado en una de las camas gemelas de la habitación de invitados de Ken. Echó un vistazo al armario—. ¿Estás segura de que atraparon a la serpiente?

—Segurísima. De todas formas, un buen día rompió su compromiso repentinamente, a pesar de lo importantes que eran estas cosas en aquella época. Después, se marchó a los mares del sur. Dijo que iba a estudiar más profundamente las teorías de Darwin. Pero él no era naturalista, era químico —añadió Amy, pensativa—. Así que es un poco raro.

—Lo que tú digas —respondió Dan bostezando—. ¿Cuándo empieza la parte fascinante?

—Se las arregló para llegar a las islas de Indonesia, y se asentó en una para llevar a cabo una serie de experimentos. Se creía que había muerto en la erupción del Krakatoa en 1883.

—¿Kraka qué?

—Krakatoa —respondió Amy—. Fue una explosión volcánica enorme. Bueno, en realidad, fueron varias explosiones en serie. Se puede decir que la montaña implosionó y a continuación se sucedieron unos enormes *tsunamis* que mataron a un total de treinta y seis mil personas. El final de la última explosión se oyó en toda Australia. La nube de polvo que resultó produjo unas puestas de sol espectaculares que llegaron hasta Estados Unidos.

—Ahora sí que empieza lo bueno.

—¡Eso es! ¡El cono de helado puesto boca abajo! —gritó Amy excitada—. ¡Era un volcán! Era un dibujo del Krakatoa. Pero ¿por qué abandonó de esa manera a su prometida y se marchó a Indonesia? Tiene que haber una razón.

—Claro que sí —respondió Dan—, es que era un tipo inteligente. Casarse o tirarse en la playa... está claro como el agua. Aun incluyendo lo del volcán, Bob escogió bien.

—Así que debía de estar muy cerca del Krakatoa cuando explotó. Consiguió salvar su vida —continuó Amy— y se las arregló para llegar hasta Sydney. Los Cahill y los Madrigal han estado trabajando para él desde entonces. ¿Por qué?

Si habéis encontrado algo, nos pertenece a todos. Si os lo guardáis para vosotros, os convertís en ladrones. Es así de simple.

Era muy extraño. La cara de Dan estaba frente a ella, pero ella no estaba allí, había desaparecido momentáneamente. De pie, con el camisón puesto, siguió escuchando a los adultos.

—Tierra llamando a Amy —dijo Dan.

No se quedó dormida hasta que la gente se fue. Oyó el ruido de la puerta principal cerrándose. Echó un vistazo para asegurarse de que, realmente, se habían marchado, pero estaban todos en un pequeño círculo, bajo la ventana de su habitación. La abrió ligera-

mente para poder verlos otra vez, pero desde allí arriba, sólo se les veía el cogote.

—*Poneos las pilas* —*dijo la mujer guapa*—. *Ya tenemos una respuesta. Le han seguido la pista hasta Australia. El tema tiene que quedar zanjado esta noche.*

Su culpa.

Su culpa.

—¿Amy? Estás como medio ida —dijo Dan mirándola—. En serio, ¿estás bien?

Miró a su hermano, que tenía el rostro pálido. Siempre se ponía así cuando estaba preocupado por ella, pero al mismo tiempo trataba de no estarlo. El ataque de asma lo había debilitado mucho, pero estaba fingiendo que no era así. Veía lo exhausto que estaba por los círculos oscuros de debajo de sus ojos.

—Estoy bien —respondió ella.

—¿Qué va a ser lo siguiente? ¿Un lanzamiento espacial? —preguntó Dan—. ¿Volvemos a Sydney?

La muchacha se aclaró la garganta. Le pareció que su voz sonaba algo tomada.

—Darwin. Tenemos que seguir la ruta que ellos trazaron.

A la mañana siguiente, en el avión, Amy se acomodó en su asiento y abrió la biografía de Amelia Earhart que había traído del apartamento de Shep. No sabía qué estaba buscando, así que comenzó a hojear el libro, leyendo párrafos aquí y allá, mientras Nella se aislaba con sus auriculares y Dan se zampaba un paquete de patatas fritas con sabor a pollo. El sueño reparador de la noche lo había devuelto a su habitual estado de voracidad.

—Dan, escucha esto —dijo la muchacha—. En 1935, durante su estancia en Hawai, ¡Amelia visitó a un volcanólogo!

—¡Fascinante! —exclamó Dan, abriendo un paquete de galletas.

—¿No lo entiendes? Es posible que ya se estuviese informando sobre el Krakatoa —explicó.

Dan cerró los ojos y fingió quedarse dormido, entre sonoros ronquidos. Amy suspiró y sacó las páginas que se había bajado de Internet y que había imprimido en casa de Ken. Leyó varias versiones sobre la explosión original. En alguna ocasión, leyó a su hermano algún hecho interesante, incluso a pesar de que él había hecho pelotas con todos sus envoltorios y fingía estar encestándolos. Después, leyó una historia que la dejó de piedra. Volvió a leerla más lentamente.

—¡Dan!

—¡Otra canasta triple! —exclamó él.

Amy le tiró una almohada.

—¡Dan! Escucha esto. Durante el día de la erupción, un barco que se dirigía a Batavia, así es como se llamaba antes Yakarta, se vio en peligro. Atravesó una nube de cenizas y las rocas volcánicas comenzaron a caer en forma de lluvia sobre la cubierta. Entonces, el capitán decidió detenerse en un puerto a varias millas de distancia, pero nunca llegaron a tierra, tuvieron que dar media vuelta. Pero escucha esto: la carga que transportaban era wolframio.

Dan se levantó de un salto.

—¿Wolframio? Es lo mismo que el tungsteno, una de las pistas.

—No sólo eso. El capitán mencionó que llevaban varias plantas de mirra en la cubierta. Como la ceniza y las rocas volcánicas comenzaron a caer sobre ellas, la tripulación recibió la orden de bajar las plantas. ¿No te parece extraño que un barco transportase tungsteno y mirra al mismo tiempo?

—Estarían llevándole las pistas a alguien, probablemente a Henderson, ¿no?

—¡Tiene que ser eso! ¡Estaba reuniendo pistas! —exclamó Amy—. ¡Está claro! Él era científico, así que estaba trabajando en alguna fórmula. Tal vez por eso era tan importante encontrarlo, y todas las ramas lo buscaban. Había construido una especie de laboratorio. —Amy dio un golpe sobre su silla—. ¡En Krakatoa! ¿Dónde, si no? Por eso pidió que le llevasen las cosas. Entonces el Krakatoa explotó... y el laboratorio quedó destruido. Probablemente lo cogería el *tsunami*... pero parece que sobrevivió.

—Así que lo único que faltaba... estaba en su cabeza —pensó Dan—. Y estaba loco de remate.

Amy asintió, recordando aquellas escrituras obsesivas de la mina.

—Seguramente estemos en lo cierto al pensar que es un Ekat. Atacó a Mark Twain, así que no puede ser un Janus. Por otro lado, Isabel parece no saber mucho de él, de modo que tampoco puede ser un Lucian. Por su aspecto, podemos deducir que no es un Tomas.

Dan frunció el ceño.

—Por lo que sabemos, Constantino Romanov, Lucian, encontró la mayoría de las pistas a principios del siglo XIX. Parece que las dos ramas estuvieron muy cerca de conseguirlo en aquella época.

Amy golpeó los papeles con los nudillos.

—¿Sabes qué más hay aquí? La isla de Java es parte de esta enorme zona de volcanes del Pacífico llamada el Anillo de Fuego. RCH no hablaba de ópalos, sino de Java. ¡Ahí es adonde tenemos que ir!

Nella se encargó de pilotar y Shep se unió a ellos para tumbarse en uno de los asientos. Pestañeó cuando Amy y Dan mencionaron Yakarta.

—Os dije que os ayudaría en lo que hiciese falta y mantengo mi promesa, pero mi avión no nos vale para un trayecto así —dijo—. Creo que son unos dos mil o tres mil kilómetros. Os irá mejor en un vuelo comercial. Hay muchos que salen desde Darwin. Yo tengo un teléfono vía satélite... puedo buscaros uno desde aquí —vaciló Shep—. Confío en que Nella os cuidará bien. Aunque tal vez sea mejor que paséis de Java. El peligro parece estar persiguiéndoos, chicos. Eso, o es que os han echado un mal de ojo. Podríais pasar un tiempo conmigo. No es que yo sea una figura muy paternal ni nada... no soy más que un simple surfista. ¿No podéis abandonar... eso que estáis haciendo de lo que no me queréis hablar?

Amy pestañeó tratando de ocultar sus lágrimas.

—Sería un honor pasar un tiempo con un simple surfista como tú —dijo ella, tragando saliva—. Pero tenemos que hacer esto.

Shep se quedó pensativo durante un rato. Después asintió.

—Nunca traté de convencer a Artie de que no hiciese algo.

Mientras Shep lo arreglaba todo, Amy miró por la ventana. Estaban sobrevolando unas tierras rojas de altos acantilados, donde un río azul oscuro serpenteaba por un cañón. El paisaje era de una belleza extrema.

—La garganta de Katherine —explicó Shep, que acababa de colgar el teléfono—. Hay unas vistas espectaculares aquí en Top End.

—Ojalá... —comenzó Amy, pero no completó el pensamiento. «... la próxima vez que dé la vuelta al mundo, sea tan agradable que pueda dedicarme sólo a disfrutarlo.»

—Os he conseguido un vuelo que sale una hora después de que lleguemos, más o menos —informó Shep—. Vamos justos de tiempo, pero conozco bien el aeropuerto. Os enseñaré los atajos. —Miró a Amy y a Dan—. Una vez allí, las prisas se apoderarán de nosotros, así que creo que ahora es un buen momento para deciros que si algún día me necesitáis, contéis conmigo. No os volveré a fallar.

—Gracias —respondió Amy—. Nunca nos has fallado.

—Tú nos ayudaste cuando cualquier otra persona habría escapado con el rabo entre las piernas —añadió Dan—. Primos para siempre.

—Una cosa más —anunció Shep—. Me han perseguido en una de mis playas favoritas, casi choco con un coche en una pista de despegue, estuve a punto de morir envenenado en una mina y tuve que entretener al tipo más aburrido de Coober Pedy en una taberna durante dos horas. Así que, vamos, quiero saber la verdad. Creo que me lo merezco. ¿Qué está pasando? Y no quiero que me vengáis con lo de los extraterrestres.

Amy y Dan se miraron.

—Está bien —aceptó Amy, entre suspiros—. Nuestra abuela Grace nos dio a elegir entre dos herencias: un millón de dólares o la posibilidad de entrar en la competición de la búsqueda de las 39 pistas. Cuando consigamos reunirlas, nos convertirán en las personas más poderosas del mundo. Nosotros, entre unos cuantos horribles familiares más de la rama Cahill, escogimos ir a por las pistas. Todas esas personas han tratado de matarnos en un momento u otro.

Shep suspiró.

—Bueno, supongo que si no me lo queréis contar, es cosa vuestra.

Una hora después, la ciudad de Darwin se avistaba en el horizonte, bordeando un precioso puerto. Detrás de ella se extendía el amplio mar azul. Aterrizaron y corrieron por el aeropuerto hacia la compañía del vuelo que Shep había reservado.

—Es imposible —protestaba una voz—. Tiene que haber asientos en primera clase.

El empleado de la oficina se inclinó hacia adelante y murmuró. Amy, Dan y Nella se habían escondido detrás de una columna. Shep los siguió con curiosidad.

—¿Qué pasa, grupo? ¿Otra manada de extraterrestres sedientos de sangre?

—Exacto —respondió Dan.

—No podemos subir a ese avión —susurró Amy.

Shep observó a Isabel, a Natalie y a Ian desde su escondite en la columna.

—A mí no me parecen demasiado peligrosos.

—Pues acaban de intentar matarte con la serpiente más venenosa del planeta —explicó Dan.

—Tenemos que ir a Java —susurró Amy.

Shep movió la cabeza preocupado.

—Esto es demasiado arriesgado. No puedo dejaros marchar.

Amy lo miró fijamente, no con ojos suplicantes, sino con determinación.

—Dijiste que estarías ahí para nosotros y que no importaba lo que fuese.

Shep asintió muy a su pesar.

—No me gusta la idea, pero está bien. Pondremos en marcha el plan B. Vamos a la sala de los pilotos.

Shep se los llevó a la parte del aeropuerto donde llegaban los vuelos chárter. Caminó por la sala como si fuera suya y examinó la habitación.

—Estamos de suerte —les susurró—. He encontrado a alguien que me debe un favor.

Lo siguieron a paso ligero mientras caminaba relajadamente hacia un hombre alto, vestido con uniforme de piloto, que estaba sentado frente a la ventana con una taza de café.

—¡Greg! —exclamó Shep—. ¡Es estupendo verte, amigo!

—Shep, hace muchísimo tiempo que no te veo. ¿Cuándo vas a sentar la cabeza y a encontrar un trabajo de verdad?

—Pues supongo que nunca. —Shep se apresuró a presentarlos—. La cuestión, amigo mío, es que tenemos un pequeño problema. Necesitamos volar hasta Yakarta y acabo de recordar que me debes un favor.

—Creo que no... tú me debes un favor a mí.

—¿Qué? ¿No te acuerdas de lo que ocurrió el año pasado en Brisbane? ¡Te eché una mano con aquel asunto!

—Yo te devolví el favor en Perth el pasado diciembre.

Shep se rascó la cabeza.

—Es verdad. Bueno, ¿tienes algún trabajo para ahora?

—No, acabo de terminar con uno. Me voy a tomar unas semanas de vacaciones.

—¡Perfecto! En ese caso estoy a punto de deberte otro favor. —Shep le mostró una sonrisa de oreja a oreja—. Préstame tu avión.

No sabían cómo lo había hecho, pero el caso era que lo había conseguido. Como parte del servicio chárter, atravesaron los controles rápidamente y esperaron en la confortable sala mientras Shep se encargaba de los detalles de la salida.

—Estupendo —dijo éste frotándose las manos—. Ya está todo listo. Hangar número ocho. No veo la hora de poner las manos en ese avión. La nave tiene todo lujo de detalles. Es lo mejor de lo mejor.

—La verdad es que siempre estás dispuesto a ayudarnos —admitió Amy—. Gracias.

—Lo hago por Artie y Hope —respondió Shep—, y por vosotros dos. Somos familia. Supongo que después de todos estos años, finalmente he entendido lo que significa. Así que yo os debo a vosotros un «gracias» aún mayor.

—¡Familia, colega! —Dan levantó un puño y su primo hizo lo mismo. Los dos chocaron los nudillos.

—¡Familia! —repitió Amy, haciendo el mismo gesto.

Shep se aclaró la garganta.

—Muy bien. Ahora entremos en el avión antes de que cambie de opinión.

Una ola de aire húmedo se apoderó de ellos cuando salieron de la sala y comenzaron a caminar hacia el avión. Dan subió la escalera y saltó dentro. Era una nave llena de lujos: asientos aterciopelados, zona de comedor, pantallas en cada asiento...

—¡Vaya! —exclamó Dan—. ¡Esto sí es viajar con estilo! ¡Ya iba siendo hora!

—Nos espera un vuelo de unas ocho horas —informó Shep—. Debería haber comida suficiente almacenada en el avión, y también películas y juegos, lo que vosotros queráis. —Se volvió hacia Nella—. ¿A que no habías visto una preciosidad como ésta en tu vida?

—En realidad, piloté uno desde Akron hasta Reikiavik —respondió ella.

—¡Anda! A partir de ahora te llamaré Lady Mystery —bromeó Shep—. Pero ¿qué tipo de niñera eres tú?

—Una a la que le gusta volar —se excusó Nella.

—Ya veo que mis primos están en buenas manos —añadió él—. Templanza frente a una taipán y habilidad para pilotar un avión. Una combinación sorprendente.

Amy frunció el ceño con la mirada fija en su hermano. ¿Cuántas sorpresas más escondería Nella?

Justo en ese momento, varios oficiales vestidos de uniforme se acercaron hasta ellos.

—Disculpe, señor —dijo el más alto a Shep educadamente—. ¿Puedo ver su pasaporte, por favor? —El oficial alargó la mano.

—Acabamos de atravesar los controles —respondió Shep.

—Su pasaporte, por favor. —La voz del oficial era firme.

Shep rebuscó en los bolsillos de su pantalón.

—Pensaba que lo tenía aquí. Un momento.

—¿Pueden venir con nosotros, por favor?

—¡Son ellos! ¡Mis niños! —La voz resonó en el hangar.

Una mujer que llevaba un vestido negro corría hacia ellos, con las manos entrelazadas en señal de desesperación. Tardaron un tiempo en reconocer a Irina. Llevaba un pañuelo atado bajo su barbilla y unas pequeñas gafas sin montura.

—¡Son ellos, mis pequeños *pierogi*! —exclamó ella—. ¿Estáis todos bien? ¿Os ha hecho daño?

—¿Quién iba a hacernos daño? —preguntó Dan.

—Esta mujer afirma ser vuestra prima —anunció el oficial.

—Técnicamente lo es, pero... —admitió Amy.

El guardia se volvió hacia Shep.

—En ese caso, queda usted arrestado por secuestro.

CAPÍTULO 20

—¡Esto es ridículo! —protestó Shep camino de vuelta al hangar—. ¡Yo también soy su primo!

—¿Lo ve? Grandes mentiras salen de boca suya —dijo Irina, limpiándose los ojos con un pañuelo. Su acento ruso sonaba más fuerte de lo habitual—. *Maya morkovka!* —le lloró a Amy—. ¡Mi pequeña zanahoria! ¡Cuánto han deseado mis ojos poder posarse sobre tu rostro!

Amy agarró a Shep de la mano.

—¡Él es nuestro primo!

—¿Me permite su pasaporte, señor? —solicitó el guardia severamente.

—Lo tenía aquí hace un minuto...

—Ven aquí, tesoro mío—dijo Irina, tratando de abrazar a Dan—. Yo soy como una abuela para estos niños. Ellos se escaparon de su tutor en Boston. Yo tengo los papeles. ¿Veis? La Oficina de los Servicios Sociales de la ciudad de Massachusetts los ha estado buscando. Me han enviado para que los lleve a casa.

—Todo parece en orden —añadió el oficial, examinando los papeles—. Por lo visto, los Servicios Sociales están buscando a estos dos niños allá en Estados Unidos.

—¡Esa mujer miente! ¡Es una espía homicida! —gritó Dan, señalando a Irina.

—¡Intentó matarnos! —exclamó Amy.

Irina se limpió los ojos otra vez, a pesar de que los tenía completamente secos.

—Siempre han tenido problemas con la autoridad —le dijo al oficial—. Ya sabe cómo son los niños estadounidenses, están tan malcriados... Pero son mis pequeños *pierogi* y los quiero. Somos familia.

—¿Ha dicho usted que es su prima y su abuela? —preguntó el guardia.

—¡Ay, qué pena más grande! —lloró Irina, llevándose el pañuelo a la cara—. ¡Mi corazón se ha roto en pedazos como una taza de té sólo de ver sus caritas de ángel otra vez!

—¡Pues a mí todo esto me está dando náuseas! —protestó Nella, poniendo los ojos en blanco.

Incluso el guardia de seguridad levantó una ceja, desconfiado. A Amy le pareció que Irina sobreactuaba un poco. Obviamente, no tenía mucha práctica con eso de los sentimientos.

—Si me dejan entrar de nuevo en el avión, podré enseñarles los documentos —explicó Shep—. Está claro que se me han traspapelado, pero tienen que estar por aquí.

—No se mueva. —El oficial se volvió hacia Amy y Dan—. Esta señora es Irina Cahill y afirma...

—¡Ella no es una Cahill! —gritó Amy—. Bueno, sí que lo es, ¡pero ése no es su nombre!

El guardia se limpió el sudor de la frente.

—¿Pueden dejar todos de gritar? Estamos tratando de solucionar esto.

Otro oficial salió del edificio y se acercó apresuradamente. Susurró algo al oído de su superior. Amy oyó la palabra *Interpol*.

El oficial jefe se dirigió a Irina.

—¿Conoce usted a Irina Spasky?

—Nunca he oído hablar de esa persona —respondió perpleja—. Spasky es un apellido muy común en Rusia.

—¡Ella es Irina Spasky! —gritó Amy.

—La Interpol la busca por... veamos... ah, varios crímenes internacionales. —El guardia consultó la lista—. Dubrovnik, 2002, viajar con pasaporte falso. Sofía, 1999, administración de veneno paralizador a un hombre no identificado. Sri Lanka... —El oficial se había puesto pálido—. Increíble.

—¡Es ella! —gritó Dan—. ¡Enciérrenla y tiren la llave!

Irina sonrió.

—¡Qué tonterías dicen estos niños! Díganme, oficiales, ¿por qué no están ustedes buscando criminales como esa tal Spasky, en lugar de acusar a una pobre abuela rusa que está salvando a dos niños de un secuestrador?

El guardia suspiró.

—Si usted lo dice, señora...

Shep comenzó a hablar con el oficial, tratando de explicarle que él era primo de Arthur Trent y que era un ciudadano respetable con un vuelo planeado y un avión que tenía que despegar. Nella se metió en la discusión con él.

Irina se dirigió a Amy y a Dan y les susurró:

—Estoy aquí para ayudaros. Vais a volar directos a una trampa.

—¿Perdona? A mí me parece que ya estamos en una —respondió Dan.

—No te resistes a la tentación de pincharme —observó Irina—, pero yo te entiendo.

—Tú eres la única que puede pinchar a alguien —añadió Dan, señalando los dedos de la mujer.

—No vamos a caer en tu trampa —dijo Amy ferozmente—. Seguro que pensabas que habías conseguido matarnos con tu jugarreta de la mina...

—Yo no tuve nada que ver con eso —se defendió ella—. Desconocía por completo lo que Isabel estaba planeando hasta el mismo momento en que lo hizo. La habría detenido si hubiera podido.

—¡Mentirosa!

—¿Todavía no os habéis dado cuenta de quién es vuestro verdadero enemigo?

Dan señaló a Irina.

—¡Bingo!

—No vayáis a Yakarta. Si Isabel se entera de que estáis allí, os matará. ¿No me entendéis?

—¿Y de repente te has convertido en una especie de abuela? —preguntó Dan, en tono burlón—. Por favor, sabes que nos habrías matado si hubieras podido.

—Amy. —Irina pronunció su nombre suavemente. La niña nunca había escuchado ese tono en la voz de la mujer. Al principio no se dio cuenta de qué era lo que había cambiado, pero después lo entendió. El desdén había desaparecido.

»Isabel te dijo que yo maté a tus padres, ¿verdad?

Amy la miró fijamente.

Dan movió la cabeza de Amy a Irina y viceversa.

—¿Qué es lo que acaba de decir?

—Mintió —dijo Irina—. Mentirá sobre lo que haga falta para conseguir lo que se propone. ¿Has recordado algo más sobre aquella noche?

—¿Nuestros padres fueron asesinados? —preguntó Dan en

un sussurro, clavando su desconcertada mirada en Amy. Parecía un niño pequeño que se había perdido. Era la misma mirada que su hermana temía encontrarse.

—Sí —dijo Amy—. Me acuerdo de ti. —Pronunció la acusación fríamente, esperando que Irina mordiese el anzuelo. Seguro que Irina también estaba allí, aunque ella no pudiese recordarla.

—Pero no estaba yo solamente, ¿verdad?

—¿De qué estáis hablando? —La voz de Dan temblaba.

—¿Por qué? —Amy se obligó a decir esas palabras—. ¿Cómo pudiste hacerlo?

—Yo no fui —respondió Irina—, aunque estuviese allí.

—A eso se le llama «cómplice de asesinato» —volvió a acusar Amy.

El rostro de Dan parecía encoger de lo perplejo que estaba. Era como si alguien le hubiera golpeado con fuerza en el estómago.

La voz de Shep se alzó.

—¡Lo único que quiero es que me dejen entrar de nuevo en mi avión!

—No es su avión, por lo que tengo entendido —respondió el oficial—. Es propiedad del señor Gregory Tolliver. Estamos tratando de contactar con él, pero su teléfono está fuera de servicio.

—Es amigo mío —explicó Shep—. Él responderá por mí.

—Eso, si puedo ponerme en contacto con él. No parece fácil.

—Sólo digo que...

—Tampoco soy cómplice —se defendió Irina inmediatamente—. Yo ya no estaba allí. Pero al menos uno de nosotros sí se quedó. ¿Recuerdas quién?

—¿Por qué no me lo dices tú?

—Porque tú debes recordarlo.

—Todo lo que dices apunta a Isabel. Sé lo que quieres que te diga. Pero ¿cuál es la diferencia entre vosotras dos? Ella te acusa a ti y tú la acusas a ella.

El color desapareció del rostro de Irina.

—La diferencia entre nosotras dos —repitió— es lo que estoy tratando de descubrir.

—¿Podemos volver a la sala, por favor? —preguntó Nella al oficial—. Todo esto está afectando a los niños.

Irina agarró con fuerza la muñeca de Amy.

—Tienes que creerme...

—¡Eh! ¡Quita las manos de encima de mi prima! —ordenó Shep—. ¿Van a dejar que haga eso? —le preguntó al oficial. Durante un segundo, miró a Amy. Levantó su puño en el aire. «Familia», pensó la niña. Era como si Shep se estuviese despidiendo de ella.

Irina soltó la mano de la muchacha, pero se acercó más a ella.

—Yo no puedo deteneros —dijo rápidamente—, pero no olvidéis mi advertencia. Ésa es mi única esperanza, por ahora.

—De acuerdo —respondió el guardia a Nella, distraído con la discusión de Shep e Irina—. ¡Pero no salgáis de la sala!

—¡Perfecto! ¡Yo me hago cargo! —respondió Nella animadamente, llevándose a Amy y a Dan con ella.

—Volvamos al avión —murmuró la niñera, cuando ya se habían alejado de los demás.

—¿Cómo? —dijo Amy.

—Tengo todos los documentos, Shep me los ha pasado sin que se enterasen. Los llevaba en el bolsillo. Podemos irnos.

—¿Puedes pilotar esa cosa? —preguntó Amy nerviosa.

—Es pan comido —respondió ella.

—Pero... ¿y los guardias de seguridad? —preguntó Dan.

—Por eso tenemos que darnos prisa —explicó la niñera— y pasar desapercibidos.

—¿Cómo entras en un avión pasando desapercibido?

—Pues así.

Nella dio un par de zancadas hasta llegar a la nave. Después, miró rápido hacia atrás y corrió escalera arriba. Amy y Dan la siguieron.

—Abrochaos los cinturones. Voy a contactar con la torre. Shep me ha dicho que, seguramente, aún no habrán retirado la autorización de despegue. Por cierto... —Nella se dio ligeramente la vuelta y les sonrió—, os desea buena suerte.

Amy y Dan se acomodaron en los asientos mientras Nella hablaba con la torre de control. El avión se dirigió hacia la pista. Amy colocó la nariz contra el vidrio de la ventana. Shep se despedía con la mano mientras seguía hablando con los guardias de seguridad, que ignoraban completamente que el avión se había puesto en marcha.

Irina se quedó inmóvil, con la mirada fija en la nave. Amy esperaba que en cualquier momento alertase a los oficiales, pero en lugar de eso, se quedó allí observándolos.

¿Por qué los dejaba marchar?

—¡Allá vamos! —gritó Nella, mientras el avión cogía velocidad. Poco después, ya corrían rápidamente por la pista. Amy se agarró con fuerza al reposabrazos. Esperaba que Nella no hubiese exagerado sobre sus dotes de piloto.

—¿Sabes si tenemos paracaídas? —le preguntó a Dan, pero su hermano no respondió. Él también iba agarrado al brazo de su asiento.

El avión se elevó suavemente y comenzó a sobrevolar la ciudad de Darwin, dirigiéndose hacia el verde mar.

La voz de Nella se dirigió a ellos por el sistema de altavoces.

—Muy bien, mis pasajeros cotillas, acomodaos y disfrutad del viaje. Próxima parada, Java.

Amy se arrimó a Dan.

—Todas estas cosas que estamos descubriendo sobre Nella son muy extrañas —opinó—. Es como si estuviese entrenada para esto.

Dan no respondió. Tenía la mirada fija en la ventana y su rostro estaba rígido y tenso.

—Estoy empezando a preguntarme si realmente la conocemos.

Dan la miró furioso.

—Sé lo que se siente.

—¿Qué? —preguntó Amy.

—¿Isabel te contó que Irina mató a nuestros padres? ¿Y tú no me dijiste nada?

Amy vio que las puntas de las orejas de Dan se estaban poniendo coloradas. Tenía la boca torcida y los ojos llenos de lágrimas.

—Iba a contártelo, pero es que...

«Es que no dejo de recordar cosas y no siempre sé si son verdad o no. Tengo miedo, Dan. Mucho miedo. ¿Y si es culpa mía que estén muertos?»

—Ah, ¿y cuándo ibas a hacerlo exactamente? —La boca de Dan era una línea—. ¿Mañana? ¿La semana que viene? ¿Más bien nunca?

—Me pareció que era mejor esperar. —Incluso a la propia Amy le pareció que su explicación era bastante pobre.

—¿Nuestros padres fueron asesinados, tú descubres quién los mató y no me cuentas nada?

—¡No sabemos si fue Irina!

—¿Acaso la crees?

—No, pero es que tampoco me fío de Isabel. Intentó tirarme a los tiburones, ¿no te acuerdas? Y también trató de matarnos en la mina. ¿No te das cuenta? Isabel no parece la persona más digna de confianza.

—Yo merezco saberlo. Me estás tratando como... ¡como a un bebé!

—¡Es que eres mi hermano pequeño!

—¡Pero no soy un bebé! —La cara de Dan era como un puño, de lo tensa que estaba—. Creo haberte salvado el trasero en suficientes ocasiones. Contaste conmigo miles de veces para que te sacase de los más recónditos lugares porque te daba miedo moverte. Así que no entiendo qué te hace pensar que tienes que protegerme.

«Es que eres mi hermano pequeño», quería decir ella, aunque sabía que no debía. Conociendo a Dan, seguro que saltaría del avión con o sin paracaídas.

Lo miró sin saber qué hacer ni qué decir.

—Secretos y mentiras —dijo él—. Felicidades, hermana. Ahora ya eres toda una Cahill.

CAPÍTULO 21

Si había una cosa que Dan no hubiera esperado oír en su vida, eran las palabras «próxima parada, Java» salidas de la boca de su niñera mientras pilotaba un avión que sobrevolaba un océano que se extendía por todas direcciones.

Si había una cosa que nunca había pensado llegar a sentir, era una soledad así.

Una vez, cuando tenía siete años, echó a correr hacia una puerta corredera de vidrio. Chocó brutalmente contra ella, rebotando y cayendo al suelo. Aún recordaba aquella sensación de impacto repentino y violento. Y justo después de eso, el dolor.

Ahora se sentía exactamente igual.

Normalmente intentaba no pensar en la muerte de sus padres, aunque obviamente, pensaba en ella casi a diario. Especialmente evitaba pensar en sensiblerías tipo «¿y si...?». «¿Y si papá estuviese aquí para llevarme a los partidos de fútbol? ¿Y si mamá hubiera estado aquí para cuidarme cuando tuve mi peor ataque de asma?» Se decía a sí mismo que esas cosas eran de bebés y que no debía pensar en ellas. Había habido un incendio, sí, pero eso era cosa del destino. Era algo que no podía cambiar y no había nadie a quien culpar.

Sin embargo, ahora sí había un culpable. Alguien le había robado la familia. Alguien le había robado la infancia. En una noche fría, alguien había entrado en una casa para, deliberadamente, pegarle fuego al hogar donde residían cuatro personas que se querían...

Dan sacudió la cabeza violentamente. Sintió que las piernas le temblaban. Echó un vistazo al amplio mar. La tía Beatrice solía decir: «¿No os parece que los problemas encogen cuando observamos algo grande, como el cielo?». Era su modo de consolar a dos niños que se habían quedado sin padres. La tía Beatrice era una idiota.

El océano Índico no lo hizo sentirse mejor en absoluto. Sería mucho más fácil si pudiera hablar con su hermana, pero había decidido, más o menos, que nunca más volvería a hablarle.

Se había enfadado con Amy muchas veces. Muchísimas. Esto era peor aún que cuando hizo muñequitas diminutas para su colección de coches de juguete justo antes de que su mejor amigo, Liam, acudiese a jugar con él. También era peor que cuando le dijo a la tía Beatrice que adoraba a Beethoven para que lo apuntara a clases de piano. Peor incluso que aquella vez en Egipto cuando creía que su hermana se guardaba todos los recuerdos de Grace para ella misma.

Lo que le había hecho ahora no tenía punto de comparación con todo lo anterior.

Ella había descubierto lo del asesinato de sus padres y se lo había callado. ¡Lo más importante de sus vidas!

El incendio no había sido un accidente. No era que su padre hubiera encendido mal la chimenea, haciendo saltar chispas sobre la alfombra, era que alguien había ido allí a prender fuego a la casa deliberadamente. Amy lo sabía y no le había dicho nada. ¡Hasta había estado allí abajo aquella noche!

Él pensaba que estaban juntos en todo. Miró fijamente el agua verdosa que se extendía hasta el horizonte. No sabía cómo iba a superarlo. No sabía cómo abordar la situación. Sus padres. Grace. Ahora, Amy. Ya no le quedaba nadie.

Aún era de día cuando Nella hizo aterrizar el avión hábilmente en el Aeropuerto Internacional Halim Perdanakusuma, al sur de la ciudad de Yakarta. Se quitó los auriculares y suspiró profundamente.

—¡Estoy destrozada! —exclamó.

Se colocó el bolso en el brazo y cogió el transportín de *Saladín*.

—Si hay algún problema en la aduana, dejadme hablar a mí —sugirió.

«Eso va a ser fácil», pensó Amy. Dan no había dicho una palabra en todo el viaje.

Se sintieron aliviados cuando atravesaron la aduana. Halim era un aeropuerto pequeño para vuelos chárter, así que no había demasiada gente. En pocos minutos, Nella los había guiado entre la multitud de coches y había parado un taxi azul para que los llevase a la ciudad. Hizo una llamada telefónica y reservó una habitación en un hotel.

—Acabo de escribir un mensaje a Shep para decirle que estamos bien —anunció—. Va a coger un vuelo comercial para llevarse el avión de vuelta. —Los miró con cara preocupada—. Debéis de estar exhaustos, niños. Nunca habíais estado tan callados durante más de treinta segundos, excepto cuando dormís, claro.

Dan no dijo nada y siguió mirando por la ventana hacia la calle bordeada de palmeras. Estaba anocheciendo y las luces comenzaban a encenderse. El conductor se manejaba entre el tráfico como un experto.

Las luces de Yakarta estaban cada vez más cerca. Los gigantescos edificios brillaban contrastando con el pesado cielo. La altura de los rascacielos parecía imposible, era como algo sacado de una película de ciencia ficción. El conductor salió de la autopista y poco después entraron en una amplia avenida. El remolino de autobuses atestados, taxis y motocicletas los hizo girar hacia un enorme círculo que rodeaba una preciosa fuente. El conductor siguió su camino por una calle bastante más estrecha y, gradualmente, fueron dejando atrás los enormes edificios.

Amy nunca había estado en un lugar tan abarrotado y sobrecogedor. Creía que El Cairo era confuso, pero esta ciudad era un laberinto asfixiado por coches que ignoraban las normas de tráfico y personas que esquivaban vehículos tratando de cruzar las transitadas carreteras. El espeso aire estaba cargado de todo tipo de humos.

Finalmente, el taxista se detuvo frente a un toldo naranja que sobresalía de un edificio blanco. Un portero se apresuró a abrir las puertas y recoger las maletas. La niñera contó el dinero que había cambiado en el aeropuerto.

Se detuvieron en la recepción y Nella arregló el papeleo.

—Nos gustaría preparar una excursión para ir mañana al Anak Krakatoa —mencionó—. ¿Podría usted ayudarnos?

—En situaciones normales, sí —respondió el hombre—. Pero en estos momentos, el gobierno ha prohibido el acceso. Cuando el volcán se activa, no se nos permite desembarcar en la isla.

Amy quería echarse a llorar. ¿Habían hecho todo el viaje para nada? De alguna manera, sentía que si podía echar un vistazo a la isla, probablemente encontrase algo que Robert Henderson había dejado por allí. No sabría por dónde empezar a buscar algún indicio de él en Yakarta.

Nella los miró por encima del hombro y, compasivamente, les sonrió como si comprendiera lo desilusionados y cansados que debían de sentirse.

—¿Podemos conseguir algo de comida típica americana? —preguntó Nella—. ¿Hamburguesas con queso, por ejemplo?

Nella debía de estar muy preocupada por ellos, pensó Amy. Estaba desperdiciando una oportunidad de probar comida local. Entonces, de nuevo, la propia Amy comenzó a preocuparse. Dan nunca se pasaba tanto tiempo sin hablar.

El recepcionista les sonrió.

—En Yakarta se puede encontrar de todo. Les enviaré algo de comida a la habitación.

—Hamburguesas con queso, patatas fritas, aros de cebolla... lo que tenga —añadió Nella.

Cogieron el ascensor para subir a la habitación y soltaron las maletas. Amy sacó a *Saladín* de su cesta.

Nella se dirigió a ellos.

—Está bien, basta de tonterías. ¿Qué ha pasado? ¿Por qué no habláis? Cuando he mencionado las hamburguesas, Dan no ha dicho ni mu.

—No pasa nada —respondió Dan.

—Estamos cansados —murmuró Amy, con la cabeza apoyada en el suave pelo de *Saladín*.

—Claro. Las noticias sobre el Krakatoa no son muy buenas, pero ya pensaremos qué hacer mañana por la mañana. Sugiero que pidamos un DVD esta noche y que nos quedemos en el hotel. Nunca había estado tan cansada —dijo entre bostezos—. Tal vez podamos acercarnos a la isla, aunque ¿servirá de algo? —Nella sacudió la cabeza—. Yo estoy dispuesta a ir, pero es que aún no tengo muy claro qué buscar.

—Yo tampoco estoy segura —añadió Amy.

—¿En serio? —preguntó Dan—. Pensaba que tú lo sabías todo.

Nella miró a Dan, después a Amy, y finalmente volvió a mirar a Dan.

—Vale —dijo—. He tomado una decisión: basta de hablar y vamos a comer.

Amy se despertó sin saber dónde se encontraba. Todo estaba oscuro como el azabache, y sólo se oía el zumbido de un aparato de aire acondicionado. ¿En qué hotel, ciudad o país? Se oyó la bocina de un coche. La habitación olía ligeramente a... hamburguesas. Las peores que había comido.

Yakarta, Java.

Los nombres sonaban muy extranjeros en su mente. Un mes antes, ni siquiera habría podido encontrarlos en un mapa. Habían volado hacia el oeste desde Darwin, atravesando el océano Índico. ¿Había algún otro punto que estuviese aún más lejos de Boston, en Massachusetts? Amy creía que no.

No conseguía dormirse de nuevo. Ahora que sus ojos se habían habituado a la oscuridad, distinguió a Dan, que dormía en el sofá cama de la habitación.

Había herido sus sentimientos, ella lo sabía. Había pasado la noche entera queriendo explicárselo, pero para eso tendría que confesar, y no tenía el coraje de enfrentarse a todo aquello. Hablando de ello en voz alta, sólo conseguiría que le pareciese aún más real. Tendría que revivir lo que sintió y no podría soportarlo.

Suspiró y se dio la vuelta. Nella estaba acurrucada en una esquina de la cama, con la almohada medio cubriéndole la cabeza. Por el borde de la cortina brillaba la luz naranja del sol que ya estaba saliendo. El corazón de Amy comenzó a latir con fuerza.

Fuego.

¡Saca a los niños de aquí!

Se quitó las mantas de encima y se tapó las orejas con las manos. Dentro de su cabeza, no podía dejar de gritar: *¡Mamá, no te vayas!*

Se levantó de un salto y comenzó a caminar por la habitación. Echó las cortinas a un lado y vio el sol, surgiendo entre las altas torres para iniciar el día.

Caminó de puntillas sobre la moqueta y se sentó en el sofá cama.

—Dan —susurró.

Él siguió durmiendo.

—¡Dan!

El joven, confundido, se incorporó.

—¿Adónde vamos? ¿Dónde están mis pantalones?

Ella rió suavemente, pero la confusión se desvaneció del rostro del muchacho y aquella expresión cerrada volvió a ocupar su lugar.

—Siento no habértelo contado —se disculpó.

—Lo que tú digas.

—Es sólo que...

—Da igual. —Dan se destapó.

—Entonces, ¿me perdonas?

—Yo no he dicho eso. —La boca de Dan dibujaba una delgada línea—. Cuéntame lo que recuerdas. Parece que Irina ya lo sabe.

—¡No, no lo sabe! Además, no recuerdo demasiadas cosas. La memoria va y viene. Me acuerdo de oír voces de personas, bajar a ver qué pasaba y tener miedo porque había un puñado de desconocidos en mi casa. Las voces parecían malvadas. Isabel Kabra me cogió en brazos y... —Amy tragó saliva. No podía contarle a Dan lo de los koalas. Aún estaba asumiendo el hecho de que sus padres habían sido asesinados por algún familiar. ¿Y si descubría que todo era culpa de ella?—... me di cuenta de que mamá estaba asustada. También recuerdo oír un portazo y alegrarme porque se habían marchado. Miré a la calle y los vi bajo mi ventana. Isabel dijo que tenían que hacer algo esa misma noche. Nadie dijo nada más.

—¿Qué recuerdas de mamá y papá? —la presionó él.

Amy movió la cabeza.

—No mucho. Recuerdo que mamá nos sacó de la casa y que papá estaba cogiendo libros de las estanterías.

—Estaba buscando algo.

—Después, mamá nos dejó en el césped y me dijo que te cuidase, y entonces, corrió de nuevo hacia la casa. Esperé y esperé a que salieran, pero no lo hicieron. —Las lágrimas recorrían las mejillas de la niña. *Cuida de tu hermano.* Sonaba muy fácil, pero ¿cuál era la mejor forma de hacerlo?

Dan parecía avergonzarse de sus lágrimas.

—No pierdas los estribos ahora —le dijo—. Tenemos cosas que hacer.

—¿Vas a volver a hablarme? —preguntó ella entre sollozos.

—Supongo que sí —respondió su hermano—. Aún estamos en la competición. Pongámonos manos a la obra.

Amy borró de su mente el dolor que le había causado el frío tono de la voz de Dan. Tenía esperanzas de que la tensión entre los dos se disipase. A Dan no se le daba demasiado bien lo de guardar rencor.

Rebuscó en su mochila y encontró un paquete de galletas con crema de cacahuete. Se lo lanzó a su hermano.

—Para desayunar.

Dan abrió el paquete.

—Bien, anoche estuve pensando cómo seguir el rastro de Henderson, hasta que me empezó a doler la cabeza. Esta ciudad es enorme y no sabemos ni por dónde empezar.

—Ojalá podamos ver el Krakatoa —dijo Amy—. Si al menos consiguiésemos ir al lugar donde estaba Henderson, tal vez se nos ocurriría algo.

—¿Recuerdas lo que el recepcionista le dijo a Nella cuando pidió hamburguesas? —Una pequeña lluvia de galletas salió disparada de la boca de Dan mientras éste hablaba, pero Amy no dijo ni una palabra—. «En Yakarta se puede encontrar de todo.» Tal vez si pudiésemos verlo, o ver qué hay a su alrededor... quizá encontraríamos algo. —Dan se metió la última galleta en la boca—. Odio estar así, de brazos cruzados.

Amy miró hacia la cama, donde Nella seguía repantigada, respirando profundamente y de forma regular.

—Anoche estaba tan cansada que ni siquiera escuchó música —observó Amy—. No podemos despertarla. Vamos a seguir investigando un poco. —Estiró el brazo y cogió el portátil de Dan.

Dan volvió a tumbarse en la cama.

—¿Investigando? ¿Es que sólo puedes pensar en eso?

—Quiero ver si puedo averiguar algo más sobre ese barco. Nella acaba de atravesar un océano para traernos aquí, se merece que la dejemos dormir un poco.

—¿Ah, sí? —preguntó Dan—. No sé yo si le debemos demasiado.

—¿Qué quieres decir?

—Todo esto es muy raro. No paramos de descubrir cosas nuevas sobre ella —dijo Dan bajando la voz—. ¿Recuerdas lo que dijiste en el avión?

—Pensaba que no me habías escuchado.

—Te escuchaba, pero no te hablaba. Aún no te hablo, sólo cuando necesito hacerlo. Dijiste que era como si estuviese entrenada para todo esto. Tienes razón.

—Lo sé. ¿No te acuerdas de aquel extraño mensaje que escuchamos en su teléfono allá en Rusia? «Necesitamos un informe de estado...» El apodo de Lady Mystery le viene de perlas. —Amy se mordió los labios—. No es que no me fíe de ella... A ver, es absolutamente genial. Es sólo que... ¿quién es ella, en realidad?

—Nunca se sabe quién es quién —respondió Dan—. Ni siquiera con las personas más próximas a uno mismo. Yo he aprendido la lección.

Amy sintió que se ponía colorada. Sabía que su hermano no hablaba sólo de los Cahill. También hablaba de ella.

Dan volvió a mirar a la dormida Nella.

—Estaba pensando... tal vez deberíamos echar un vistazo a su correo...

—¿Cómo vamos a hacer eso? —preguntó Amy—. Ya sé que usa tu portátil para entrar en su cuenta, pero tiene una contraseña.

Dan parecía avergonzado.

—Eh... la he memorizado. —Ante la mirada atónita de Amy, se apresuró a explicar—. ¡No era mi intención! Una mañana se sentó a revisar sus *e-mails* y yo vi sus dedos sobre las teclas... y resulta que aún me acuerdo.

Dan miró rápidamente a la dormida Nella.

—Todo lo que tenemos que hacer es entrar en su cuenta y echar un vistazo.

—Eso está muy mal —susurró la niña. Hubo un corto silencio y Amy suspiró—. Ojalá se me hubiera ocurrido antes.

La muchacha inició sesión. Dan se inclinó hacia adelante y susurró:

—Vaya, Nella...

En poco tiempo, habían accedido a la lista de correos de su niñera. Había un mensaje de su padre, «arossi», que le decía «Dove sei tú ahora» y un nuevo mensaje de alguien llamado «clashgrrl» que escribía con una cuenta de la Universidad de Boston.

—Mira, «clashgrrl» le envió un mensaje ayer —observó Amy—. En el asunto pone «escríbeme, guapa».

—Seguramente, alguna amiga de la universidad.

—Eso parece. —Amy abrió el mensaje y la palabra *contraseña* apareció en la pantalla—. Qué extraño. ¿Tiene todos los *e-mails* protegidos con contraseña?

Abrió entonces el mensaje de su padre.

«*Ciao*, mi niña rebelde, no sé nada de ti desde Sydney. Ponte en contacto con tu viejo para que pueda dormir por las noches. Tu siempre paciente padre, que te admira. P.D.: Si estás en algún lugar cerca de Tailandia, mándame salsa picante.»

Amy sonrió.

—Creo que su padre se parece mucho a ella.

—Mira el resto de los correos.

Nella había recibido muchos mensajes, algunos de su padre y otros de su hermana pequeña, pero los únicos que no podían abrir eran los de «clashgrrl».

—¿Por qué estará Nella recibiendo correos protegidos con contraseña? —preguntó Amy a su hermano.

Los dos miraron a su niñera, que seguía durmiendo. Sólo se le veía la parte de arriba de la cabeza. Así, dormida, sin su chispeante mirada, parecía una persona distinta, como alguien desconocido.

«No os fiéis de nadie», susurró Amy. ¿O es que no habían aprendido eso ya al principio? Pero ¿ni siquiera de Nella? Pensar que tal vez les estuviese ocultando cosas la hizo sentirse inestable y poco segura, como si el suelo estuviera moviéndose bajo sus pies.

Dan sólo parecía enfadado.

—Si ella no nos lo cuenta todo, ¿por qué deberíamos contarle todo nosotros? —Hizo una bola con el envoltorio de las galletas y lo lanzó a la papelera—. Encontremos ese volcán.

CAPÍTULO 22

La ciudad de Yakarta había despertado de golpe, como el estruendo de una explosión. Fuera del hotel, Amy y Dan observaban asombrados los camiones, coches, bicicletas y taxis que se cruzaban y se separaban en la carretera. Las palmeras ondeaban con la brisa, y el paseo estaba atestado de personas apresuradas que iban a trabajar.

—Vayamos a donde vayamos, tardaremos horas en llegar —opinó Amy.

¿Era siempre tan negativa o es que Dan lo notaba más cuando estaba enfadado con ella?

—No, si cogemos uno de ésos. —Dan señaló al fondo de la calle, de donde llegaba una moto naranja con tres ruedas y una cabina abierta en la parte de atrás. Dan levantó un brazo.

—¿Qué haces?

—Es un taxi —explicó el muchacho—. Esta cosa no tiene que detenerse constantemente por el tráfico, además.

El conductor se detuvo.

—¿Necesitáis un *Bajaj*? Es fácil de usar, muy barato y rápido. Os llevaré a donde sea.

—¿Puedes llevarnos a los barcos? —preguntó Dan—. ¿Al puerto?

EN LAS PROFUNDIDADES

171

—¿Al puerto? Sí, por supuesto. ¡No hay problema! ¡Subid!

Entraron en el vehículo y el conductor aceleró con tanta fuerza que Amy se golpeó la cabeza contra la parte de atrás.

—¡Genial! —exclamó Dan. No pudo evitarlo.

La moto se coló entre coches y camiones, hizo carriles por donde no los había, se coló en callejones, traqueteó por diminutas calles, y casi se lleva por delante a varios peatones. Dan sintió que el olor a gasolina y a humo se apoderaba de su cabeza, y que los ruidos de la ciudad lo presionaban por todas partes. Era como estar en el centro de una chirriante y agitada máquina.

Le encantaba Yakarta.

Más adelante, las calles comenzaron a estrecharse y, de repente, olieron el mar. El conductor aminoró la marcha y cruzaron por un mercado lleno de coloridas sombrillas clavadas en el suelo. Los parasoles protegían del sol las mantas sobre las que se sentaban algunos hombres con pantalones cortos y chanclas a vender cestas de pescado. Pregonaban sus productos con una voz muy aguda y lanzaban dinero por todas partes como si estuvieran locos. A Dan le habría encantado detenerse a observarlos.

Más adelante, vieron mástiles y coloridas velas. El conductor se detuvo cerca del puerto, Dan le mostró un puñado de billetes arrugados y él cogió unos cuantos.

—¿Necesitáis un guía? —preguntó, señalando lo largo del puerto con el brazo—. Lo conozco de arriba abajo. Mi primo es dueño de un barco pesquero. El mejor barco del puerto con el mejor patrón.

—Queremos ir a Krakatoa —respondió Amy.

Él movió la cabeza.

—Ahora está activo... no se puede desembarcar en Krakatoa.

—¿Tu primo... podría llevarnos allí? ¿Aunque sea sólo para verlo? —preguntó Dan.

—Es un largo viaje. Nos costará todo el día.

—Eso no importa.

Dan esperaba que las siguientes palabras del hombre fuesen: «¿Dónde están vuestros padres?». Sabía que era eso lo que estaba pensando. En silencio, Dan le entregó un puñado de billetes.

—Perfecto —respondió el conductor cogiendo el dinero—. ¡No hay problema!

El primo del conductor se llamaba Darma, y el barco, que desde el muelle se veía robusto y de buen tamaño, una vez en mar abierto les pareció enano y endeble.

Amy y Dan se sentaron en la popa observando a Darma sonreír y señalar atracciones turísticas. El ruido del motor les impedía entender nada de lo que decía. En su tripulación había dos hombres que sólo hablaban el idioma local, pero que sonreían a los niños Cahill cada vez que sus miradas se cruzaban.

La proa saltaba sobre el agua y el olor a pescado era intenso. Amy estaba agarrada con fuerza a la barandilla, tenía el rostro verdoso. El agua era de un turquesa claro y a un lado se podía ver un conjunto de islas. Barcos de pesca más pequeños daban bordadas en la bahía.

Después de viajar un rato, vieron un punto a lo lejos. Iban a bordear la punta de Java, pensó Dan. Él sabía que Krakatoa quedaba al oeste.

Darma les gritó algo y se rió. Amy se volvió hacia Dan.

—¿Qué ha dicho?

—Creo que algo sobre ondas y barcos. ¿Dónde hay ondas? Yo no veo ninguna. ¿Vamos a poder surfear otra vez?

—Seguramente haya dicho «Sonda», refiriéndose al Estrecho de la Sonda. Cuando bordeemos la punta de Java, entraremos en él. Es el canal que comunica Java con Sumatra y el camino a Rakata, la isla donde está el Anak Krakatoa. A ver, la isla de Krakatoa explotó, y fue sustituida por otra. Significa «hijo de Krakatoa» y...

—Sé que no puedes evitarlo —dijo Dan—, pero por favor, déjalo.

—¡El corredor naval! —gritó Darma. Esta vez lo oyeron perfectamente. El guía les mostró una sonrisa y soltó una carcajada—. ¡Agarraos con fuerza cuando crucemos!

A medida que iban bordeando la punta, el mar se notaba más agitado. Darma dirigió el barco hacia la orilla, donde el agua estaba más en calma. La playa era preciosa y las colinas se elevaban por detrás de ellos en oscuros tonos verdes y grisáceos. Al otro lado del agua azul, estaba Sumatra.

«Estoy en un barco entre Java y Sumatra —pensó Dan—. ¡Increíble!»

Comenzaba a arrepentirse de no haber llevado algo de comer, cuando la tripulación repartió cuencos de arroz de coco. Dan y Amy almorzaron mientras observaban los enormes buques de carga cruzar el estrecho.

El sol estaba justo encima de sus cabezas cuando Darma los señaló.

—Bien, vamos a cruzar el estrecho ahora —les informó—. Rakata está ahí.

Ahora podían verla, la isla con el pico volcánico de Anak Krakatoa, el hijo de Krakatoa. Dan sintió unos escalofríos que le bajaban por la espalda.

Darma se dirigió hacia el estrecho, dirigiendo con habilidad el barco pesquero entre el alborotado tráfico del canal. Enormes cargueros pasaban a su alrededor, enviando su pequeño barco a mecerse entre las olas. Finalmente, llegaron a aguas más tranquilas, cruzándose con islas llenas de palmeras y atractivas playas. Estaban en medio de un paraíso tropical. Probablemente el paisaje no fuese muy diferente cuando Robert Cahill Henderson llegó allí, excepto que, en medio del mar, donde una vez se elevaba el grandioso Krakatoa, ahora asomaba una montaña nueva. Tenía la cima plana, y de ella salía un humo blanco mezclado con tonos grises. Dan oyó el rugido de un trueno, pero no le hizo demasiado caso. Estaba realmente asombrado por la vista que tenía ante sus ojos. De algún modo, se podía sentir el poder del volcán, de toda la energía en ebullición que contenía en su interior.

Incluso, aunque fingía no escuchar, su cerebro no podía evitar recordar los hechos que Amy le había leído en el avión de Shep: 36.000 personas muertas, principalmente en *tsunamis* que fueron consecuencia del cañonazo final de la explosión aquel 27 de agosto; dos terceras partes de la isla explotaron; la última y descomunal explosión pudo oírse a más de tres mil kilómetros a la redonda; la onda expansiva dio la vuelta al mundo siete veces; la nube de cenizas salió despedida unos cien kilómetros por encima del volcán y rodeó el globo durante trece días, creando unas puestas de sol espectaculares a lo largo del año siguiente. Todo esto, por un simple y malvado volcán.

Darma dejó el timón a la tripulación y se acercó a ellos.

—No tiene muy buena pinta hoy —dijo él, señalando—. Está muy activo.

Dan vio algo deslizándose montaña abajo. Nubes de humo ascendían de su interior, que atronaba bajo el mar. Varias rocas salieron volando y cayeron tan cerca de ellos que Dan podía verlas flotando gentilmente sobre las olas.

—¿Está en erupción?

—No, pero no está nada contento —explicó Darma—. Eso es piedra pómez, no es nada buena para el barco.

Por el aspecto de la isla, Amy y Dan supieron que aunque pudiesen explorarla, no encontrarían nada en ella. El Krakatoa había explotado expandiendo cenizas y fuego. Había caído al mar y se había evaporado, mezclándose con el aire. Ver el poder de la segunda montaña había sido suficiente.

—Debió de pasarlo mal para conseguir salir vivo de aquí —susurró Amy a su hermano—. Y lo perdió todo, todos sus trabajos.

—¿No hacéis fotos? ¿No grabáis vídeos? —preguntó Darma—. La mayoría de los turistas lo hacen.

Movieron la cabeza. No necesitaban fotografías para recordar esa escena.

El viaje de vuelta a través del canal fue angustioso, pero confiaban en la habilidad de conducción de Darma y la experta agilidad de la tripulación. Les quedaban horas de viaje y no podían hacer otra cosa más que mirar de nuevo los mismos paisajes que ya habían visto a la ida. La cuestión era, una vez que llegasen a Yakarta, ¿cuál sería el siguiente paso? Dan estuvo a punto de preguntárselo en voz alta, pero luego recordó que no se hablaba con su hermana. La muchacha estaba tan decepcionada que a Dan casi se le olvida lo enfadado que estaba.

El sol iba descendiendo por el cielo, detrás de ellos, mientras bordeaban la punta y seguían su camino hacia Yakarta.

Darma volvió a acercarse a los dos hermanos.

—Perdonad, estamos cerca de las Mil Islas, un lugar precioso. Es un destino turístico habitual...

—En realidad, tenemos que volver... —interrumpió Amy.

—No tendríamos que desviarnos demasiado de nuestra ruta —insistió Darma, con una enorme sonrisa—. ¡Será muy rápido y visitaremos sólo una de las islas!

Dan se encogió de hombros.

—¿Por qué no?

Se dirigieron hacia el archipiélago. Se podían ver preciosas casas en algunas de las islas, mientras que otras estaban deshabitadas.

—Vive en una diminuta isla, alejada de las otras —explicó Darma—. Hace pedidos de verduras y cosas así. Es un viejo, no habla demasiado... Un amigo mío lo llevó a Krakatoa, y él tampoco sacó fotos, ¡igual que vosotros!

Darma aminoró la marcha a medida que se aproximaban a la exuberante isla tropical. La tripulación cargó los suministros en una balsa de goma.

—Será sólo un momento —informó Darma.

Los hombres comenzaron a sacar más cosas de la cabina. Amy se incorporó.

—Dan —susurró—. ¡He visto una planta de romero! ¿Recuerdas lo de la pista de Irina?

Dan se volvió hacia Amy.

—A ver, todo esto es muy raro, pero... ¿estás pensando lo mismo que yo?

—¿Que el tipo de la isla es un Cahill?

—¡Que el tipo de la isla es Robert Cahill Henderson!

—¡Eso es imposible! Tendría... ¡unos ciento cuarenta años!

Dan asintió.

—Exacto. Tal vez se trate del gran secreto Cahill de la vida eterna. O al menos, quizá sea algo que la prolonga. Piénsalo, Amy. ¿No te convertiría en la persona más poderosa del mundo? Puede que Robert Cahill Henderson no se marchase para morir en soledad. ¡Tal vez haya regresado aquí y haya estado trabajando en la fórmula durante los últimos cincuenta años!

—Es una locura —respondió Amy lentamente.

—Podría ser verdad —rebatió Dan.

Se levantaron de un salto.

—¡Nos quedamos aquí! —anunció Amy—. ¡Nosotros llevaremos los suministros!

—¡Pero aquí no hay ningún hotel! —exclamó Darma—. ¡No hay nada para los turistas!

—¡No pasa nada! ¡Nos encanta la acampada! —Dan metió la mano en el bolsillo, sacó algo de dinero y, con un apretón de manos, se lo entregó a Darma—. Ven a buscarnos mañana, ¿vale? —preguntó Dan. Salió del barco y saltó al agua, que le llegaba por las rodillas. Recogió una de las cajas y se la colocó sobre la cabeza.

Amy se deslizó por la barandilla y cogió la otra caja.

—¡Hasta luego!

Darma subió la balsa de goma a bordo. Parecía confuso, pero se encogió de hombros y se despidió de ellos. En pocos minutos, su barco ya había bordeado el final de la isla y había desaparecido.

CAPÍTULO 23

Medio dormida, Nella se pasó las manos por el pelo y miró el reloj. No podía creer que se hubiera pasado doce horas durmiendo.

Naturalmente, Amy y Dan se habían ido. Y esta vez, ni siquiera le habían dejado una nota.

Abrió su *e-mail* y, cómo no, había dos mensajes de *clashgrrl*. Introdujo el código y suspiró.

«No te alejes de ellos. Alerta roja. Planifica un regreso inmediato.»

—¿Y me lo dices ahora? —protestó ella alzando la voz.

Saladín maulló en tono lastimero.

—¿Tú también? —preguntó Nella, cogiéndolo en brazos y acariciándolo distraídamente. No podía creer que acabara de perderlos otra vez. Como no llegasen en menos de una hora, comenzaría a tirarse de los pelos.

Saladín saltó de entre sus brazos, estaba incómodo porque Nella lo apretaba demasiado. Es que la niñera estaba preocupada. Tenía un mal presentimiento.

Normalmente siempre la avisaban cuando se iban a separar, pero había visto cómo se miraban cuando descubrieron que sabía pilotar aviones. Comenzaban a sospechar de ella. Pobrecillos, realmente no podían fiarse de nadie.

Otro mensaje de *clashgrrl* apareció en su bandeja de entrada. La línea del asunto decía: «¡Espabila!».

Eso quería decir que el mensaje era de máxima urgencia.

Nella cerró el portátil con su pie descalzo. Había decidido no leer el mensaje hasta encontrarlos. Su intuición le decía que algo iba mal.

Irina se quedó atrás mientras Isabel entraba en la tienda. La señora Kabra había alquilado un coche, pero ella se las había arreglado para seguirle el ritmo en una moto. Irina vestía de incógnito, pero Isabel no había tomado las usuales precauciones, lo que quería decir que se sentía a salvo en Yakarta.

Isabel llevaba una bolsa de tela para sus compras. La había llevado vacía, sin embargo ahora estaba llena de artículos variados. Irina había conseguido acercársele lo suficiente con el objetivo de la cámara como para distinguir lo que estaba comprando.

El último producto le dio escalofríos. Era justo lo que sospechaba. Isabel era astuta, pero no tenía demasiada imaginación.

Así que allí estaba. Yakarta sería la última localidad que visitaría. El poder de las 39 pistas no podía recaer en manos Lucian mientras Isabel Kabra fuese la líder de la rama.

¿Cuáles serían las consecuencias si actuase contra la voluntad de un superior? Lo sabía muy bien. Podrían expulsarla. Todos los Lucian sabrían que había traicionado a la rama. Isabel y Vikram se asegurarían de ello. Se inventarían una historia que pusiese a los demás de su parte. Todo lo que conocía desaparecería: el dinero, los contactos, los objetivos... El mundo se convertiría en un lugar vacío por el que ella vagaría como un fantasma.

No tenía elección. Tenía que intentarlo. «¿Cuál es la diferencia entre vosotras dos?», había preguntado Amy.

«Pues la diferencia, Amy, es que hay ciertas cosas que yo jamás haría, y otras tantas que nunca dejaría que sucediesen.»

Dio media vuelta y corrió hacia Ian y Natalie.

La niña sonrió. Irina no podía verle los ojos porque llevaba unas oscuras gafas de sol puestas.

—Buenas noticias. Mi contraespionaje me ha informado de que vuestra madre no está siendo perseguida —explicó Irina. De ninguna manera iba a permitir que esos dos niñatos viesen lo nerviosa que la ponían. No lo notarían ni por el movimiento de sus pestañas.

—Yo también tengo buenas noticias —respondió Natalie—. Esta mañana, mi madre ha recibido nuevas órdenes.

—¿Y?

Furtivamente, Irina sacó las agujas de sus dos dedos índice. Sería mucho más fácil operar con esos dos fuera de combate durante una buena temporada.

Natalie se movió con tal rapidez que a Irina sólo le dio tiempo de parpadear asombrada. Siempre había pensado que esa niña consentida no sería capaz de reaccionar. La muchacha llevó la mano hacia adelante, agarró el dedo de Irina y lo dobló hacia atrás casi hasta el final. Un horrible dolor se apoderó de Irina cuando su nudillo saltó. Entonces, la aguja se hundió.

Amy y Dan dejaron las cajas en la playa y corrieron por el sendero.

—¿Por qué hemos dejado que Darma se marchase? —preguntó Amy—. Ahora, si no encontramos a nadie, tendremos que pasar la noche aquí.

—Eso sería genial —respondió él—. ¡Como Robinson *Crucero*!

—Robinson Crusoe —lo corrigió Amy. Llegaron al frondoso bosque tropical y siguieron su camino.

—Seguro que Troppo se alegra de vernos —dijo Dan—. Al fin y al cabo, los tres somos parte de una gran familia, ¿no?

Amy tenía un presentimiento. El sol ya se había escondido detrás de la colina, así que las sombras eran alargadas. De repente, sintió miedo por lo que se podrían encontrar.

Dan se dirigió hacia un claro del bosque.

—Vaya —dijo él—, mira esto.

La estructura de un enorme edificio se erigía entre las palmeras. Los equipos de construcción aún estaban por el suelo: enormes bloques de cemento, gruesas bobinas de cable, azulejos de cerámica...

—Parece que iban a construir un hotel —opinó Dan—. Mira, por allí hay más edificios.

—Dan —dijo Amy—, mira.

La muchacha señaló la arena. Distinguieron perfectamente las marcas de unas huellas. Dan puso su pie junto a una de ellas. La pisada era mucho más grande, debía de ser de un hombre adulto. Las dudas de Amy sobre la teoría de Dan crecieron de repente, alimentadas por su terror. Siguieron las marcas más allá del hotel abandonado y a lo largo del claro. Al fondo del sendero, se encontraron con una pequeña playa en forma de media luna, iluminada en tonos rosa por el sol poniente y resguardada entre altas palmeras. Las huellas desaparecieron, difuminadas entre las formas de la suave arena.

Amy vio algo moverse con el rabillo del ojo. Era una hamaca que se columpiaba relajadamente colgada entre dos palmeras. No pudo ver a la persona acostada en ella, sólo distinguió un pie descalzo que, sobre el suelo, impulsaba la tumbona lentamente para mecerla.

Se acercaron a él, casi sin respirar. Una vez allí, se encontraron con un par de pantalones de lino perfectamente planchados de color amarillo limón y una inmaculada y resplandeciente camisa blanca. Tenía los ojos cerrados y una sonrisa en los labios... su primo Alistair Oh.

CAPÍTULO 24

Alistair abrió un ojo. Estaba sorprendido de verlos, pero no lo demostró.

—Bienvenidos al paraíso —dijo.

Balanceó las dos piernas para incorporarse.

—Parecéis decepcionados.

—No esperábamos encontrarte aquí —murmuró Dan.

—Yo podría decir lo mismo —respondió Alistair—. Aunque no sería verdad del todo. A estas alturas, ya no debería sorprenderme encontraros en cualquier lugar.

Dan quería aporrear un árbol. Estaba convencido de que el rastro que seguía era el del hombre más viejo del mundo. Sin embargo, lo único que había encontrado era otro primo Cahill.

Además, todavía no estaba seguro de qué pensar de él. Aquella vez en Corea, cuando creyeron que había muerto, Amy había llorado y a él se le habían humedecido los ojos. Bueno, era cierto, él también había llorado, un poco. Pero luego descubrieron que seguía vivo. Así que los había engañado completamente. No era la primera vez tampoco. Era un Ekaterina, y estaba tan empeñado en encontrar las 39 pistas como ellos mismos.

Aun así, los había ayudado en Egipto. No fue culpa suya que su submarino (inventado por él mismo) se hubiese hundido. Bueno, tal vez sí fuese culpa suya. Casi se convierten en comida para los peces del fondo del Nilo.

—¿Qué estás haciendo aquí, Alistair? —preguntó Amy.

—Lo mismo que vosotros, me imagino —respondió él—. Tratar de averiguar qué hacía Robert C. Henderson por aquí. Era un hombre espectacular, ¿no os parece? Un Ekat, por supuesto.

—Nos lo imaginábamos —dijo Dan—. Le hemos seguido el rastro desde Australia.

—¿Ah, sí? —A Alistair comenzaron a brillarle los ojos—. Detestaría descubrir que habéis viajado hasta Indonesia sin satisfacer vuestra curiosidad, al menos un poco. Os propongo un nuevo intercambio de información. ¿Qué me decís? Vosotros me contáis lo que habéis averiguado en Australia y yo os explico lo que he descubierto aquí. ¿Hay trato?

Dan y Amy intercambiaron miradas. Habían compartido información con Alistair en otras ocasiones, y normalmente todo salía bien.

—Probablemente sepáis que era científico —prosiguió Alistair—. Como muchos de los Cahill de nuestra rama, tenía una brillante mente inventiva. Ascendió por la jerarquía Ekat muy rápidamente, y eso llamó la atención de los líderes de la rama. Estaba predestinado a alcanzar grandes logros, pero cometió un gran error. —Alistair se detuvo—. Se enamoró de una Lucian.

Dan protestó.

—¡Basta ya, por favor, no más historias de amor! ¡Voy a vomitar!

—Pues sí, se trata de una historia de amor. Aunque muchas de estas historias incluyen también... traición. Ella era de alta cuna, una prima de la reina Victoria. Esto dio una idea a los Ekat. Había un rumor... bueno, en realidad era más que un rumor, de que, sesenta años antes, un aristócrata Lucian de la monarquía rusa había reunido la mayoría de las pistas, si no todas. Los Madrigal destruyeron las pruebas durante un asalto, pero él se quedó con una copia de seguridad, y ésta entró en la fortaleza Lucian de Londres allá por el año 1880. Sospechamos que los Madrigal mataron al zar Nicolás II y a su familia en 1918, mientras buscaban esa lista. Pero ésa es otra historia. Sólo los Ekat sabíamos que esa lista se encontraba en Londres.

Amy no miró a Dan y Dan tampoco miró a Amy. Los dos hermanos habían encontrado las pruebas de la recopilación de las pistas en Rusia, pero no tenían ninguna intención de decírselo a Alistair.

—De todos modos, como era de esperar de los Lucian, aunque se las habían arreglado para robar y hacer las suficientes trampas como para encontrar tantas pistas, no habían sido capaces de averiguar las cantidades de cada ingrediente: ése es un trabajo para los Ekat. Así que le dieron a elegir: como el padre de su prometida era el líder Lucian, los Ekat lo obligaron a espiarlo y a tratar de descubrir si los Lucian tenían las 39 pistas. Si no lo hacía, entonces lo expulsarían para siempre.

Amy suspiró.

—¡Eso es terrible!

Alistair volvió sus oscuros ojos hacia ella.

—Después de todo este tiempo y esfuerzo, aún no entiendes lo importante que es esto, ¿verdad?

—Sí que lo entiendo, lo que pasa es que...

Él movió la cabeza.

—No. Si realmente comprendieses lo que nos jugamos con todo esto, entonces sabrías que en ocasiones es necesario ser despiadado. De cualquier modo, Robert Henderson se derrumbó. Por lo visto, estaba profundamente enamorado. Sin embargo, él era una especie de científico, y la tentación de encontrar las pistas y reunirlas era tan grande que no pudo resistirse a un reto así. Se las arregló para robar con éxito la única copia de las pistas que los Lucian tenían. Naturalmente, ellos tenían claro que era él quien lo había hecho, así que... cancelaron la boda. Los Ekat lo metieron en un barco hacia los mares del sur y se inventaron la historia de que iba a estudiar las teorías de Darwin. Pero él realmente fue a Indonesia. Entonces, cometió otro error garrafal: construyó su laboratorio en un volcán conocido. Tenía buenas razones para ello: estaba inhabitado y la energía geotérmica le servía para alimentar las instalaciones. Entended que era un Ekat, después de todo. Arriesgaba mucho y lo sabía. Obviamente, perdió la partida.

—¿Qué pasó? —preguntó Amy—. Es decir, sabemos lo de la erupción del Krakatoa, pero ¿dónde estaba él?

—Ah, la erupción del Krakatoa. ¿Quién sabe cómo se produjo? Algunos Ekat creen que los Madrigal volaron por los aires el laboratorio de Henderson y que eso fue el desencadenante de una serie de mortales explosiones geotérmicas. ¿Qué pasó con Henderson? Tuvo suerte, había salido a recoger un encargo que había realizado para el laboratorio. Sabía que el volcán estaba activo, había habido actividad en la isla: terremotos, vapor... conocía muy bien el peligro al que estaba expuesto. Pero estuvo muy cerca, tan agonizantemente cerca que abandonó la isla en el último segundo posible: la noche anterior a la erupción principal. Salió de allí con vida por los pelos, pero su laboratorio explotó con una de las primeras erupciones. Entonces fue cuando él se quemó. A la mañana siguiente, cuando llegó el *tsunami*, él se encontraba más allá del estrecho, en el pueblo costero de Anjer. Corrió hacia las colinas para protegerse de él. La población trató de escapar de aquella gigantesca y poderosa ola de más de treinta metros de alto... ¿os imagináis el horror? Cientos de personas fueron arrastradas mar adentro y otras tantas, estrelladas contra las rocas. Presenció grandes atrocidades y sufrimientos, pero él consiguió salir con vida. Sabemos que fue hasta Yakarta y que semanas más tarde compró un billete para Sydney. A partir de ahí le perdimos el rastro. Creemos que sufría algún tipo de trastorno. Simplemente... desapareció.

—Alistair ahora se dirigió a ellos—. Entonces, ¿lo habéis encontrado?

—Descubrimos que estuvo en la cárcel —explicó Amy—, allí lo llamaban Bob Troppo. Seguimos su pista hasta un lugar llamado Coober Pedy, donde comenzó a trabajar como minero de ópalo. En el pueblo, la gente lo conocía como Tam. Murió en la década de 1950, sin haber dicho una sola palabra ni haber dejado una sola pista. Sólo un montón de garabatos en las paredes de una mina.

—Sí que dejó una pista —respondió Alistair—. Lo sé porque la tengo yo.

—¿De dónde la has sacado?

—Ah —dijo Alistair, alejando su mirada de ellos—. Eso os lo revelaré en otra ocasión. Creo que es mejor.

—¿Podemos verla?

Alistair se sacó un viejo papel del bolsillo de su camisa.

—Si descubrís algo, compartimos la pista. ¿De acuerdo? —Los niños asintieron y Alistair les entregó el documento.

Lejos de casa, mi investigación asenté.
Amor y vida, por necesidad, arriesgué.
Hallándome ya con las pistas dadas,
Y mi cabeza seriamente dañada:
Conocimientos adquirí, perdí y readquirí.
A los hombres pude gobernar y dirigir.
Pero el cruel destino me quiso arrebatar
la última de ellas que iba a necesitar.

Las olas cantaban la mustia canción
Que yo mismo sabía o no, de corazón.
La desesperación de aquella mañana
Era tan potente que no me liberaba.
Llegar tan lejos y todo arriesgar.
Intentarlo y fallar para nada lograr.

Me dejé llevar por la fuerte corriente
En un exilio que me vuelve demente.
Justo entonces, en aquel negro instante,
la manzana de Newton me llovió delante.
¿El premio? Un tiesto mojado, digamos.
¿La recompensa? Esto mismo, vamos.
El fin y una respuesta. ¿Entendido?
Gran felicidad, después de bebido.

—Ah... esto esclarece todas mis dudas —dijo Dan irónicamente.

—Pues yo creo que entiendo una parte —añadió Amy—.
Tuvo que dejarlo todo atrás y arriesgar su vida para reunir las

39 pistas. Estuvo a punto de encontrar la respuesta, sólo le faltaba una pista: «Pero el cruel destino me quiso arrebatar / la última de ellas que iba a necesitar».

—En eso estaba equivocado —corrigió Alistair—. Nosotros sabemos que nunca llegó a juntar 38 pistas, aunque estuvo cerca. Muy cerca.

—¿Qué quiere decir con eso de que las olas cantaban una canción que él sabía o no?

—Pues que ya estaba un poco *troppo* —explicó Dan enfadado—. Esto empieza a parecerse a la clase de lengua de la señorita Malarkey, y no me hace ninguna gracia. ¿Qué es *mustia*?

—Quiere decir «triste» —respondió Alistair—. Lo hizo lo mejor que pudo durante mucho tiempo y llegó muy lejos, pero perdió. Esta parte de aquí es la que yo no entiendo. Como está desesperado, se deja llevar por la corriente... Es una forma poética de decir que se vino a la playa. Pero ahora, de repente, comienza a hablar de Newton. ¿Será que Newton descubrió algo que él necesitaba? Ya sé que él fue el primero en entender la gravedad, pero ¿qué tiene que ver con las 39 pistas?

—«¿El premio? Un tiesto mojado» —repitió Amy—. ¿Qué quiere decir eso? ¿Tenía que plantar algo o qué?

—*Tiesto* puede significar «cabeza» también —explicó Alistair—. Como en «¡Qué dolor de tiesto!», pero aun así, no le veo el sentido. Creo que hace referencia a la historia de Newton: que entendió la gravedad cuando estaba bajo un manzano y uno de los frutos le cayó sobre la cabeza. Así que él podría estar diciendo que tuvo una revelación repentina. Pero ¿por qué no dirá de qué se trata? —Alistair suspiró—. Tal vez ya había perdido varios tornillos.

—¿Tú crees? —preguntó Dan.

Una fuerte brisa agitó el papel. Había oscurecido súbitamente. Las ráfagas de viento doblaban las palmeras.

—Va a haber tormenta —anunció Alistair—. Será mejor que entremos. No os preocupéis, estos chubascos tropicales escampan en un abrir y cerrar de ojos. Puedo pedir una lancha y llegaréis a casa a tiempo para cenar.

CAPÍTULO 25

Horas más tarde, Dan observaba fijamente la fuerte lluvia. Las palmeras se doblaban de un lado a otro como bailarinas. Desde donde estaba, sólo podía distinguir la blanca línea de las olas. El sol se había ocultado hacía ya bastante. Estarían atrapados en la isla toda la noche.

—No está escampando exactamente —dijo él—. Más bien, todo lo contrario.

—¿Cómo iba a saberlo? —se defendió Alistair tímidamente—. No he consultado la previsión meteorológica. En cuanto tenga algo de cobertura, podréis llamar a Nella. Aquí hay sitio suficiente para que paséis la noche.

Alistair se alojaba en la única casa de la isla que estaba terminada, que era la última de la fila. Todo aquello iba a ser un centro vacacional, pero los Ekaterina lo habían comprado para transformarlo en una fortaleza. Aún estaban pensando qué hacer, pero mientras tanto, Alistair iba allí de vez en cuando.

La casa tenía una estancia enorme en la planta baja que estaba abierta por todas partes, y el techo era de doble altura. Alistair había cerrado las robustas contraventanas al volver de la playa. Arriba había una vivienda completa: dos habitaciones, una sala de estar y una pequeña cocina.

La lluvia aún golpeaba, aunque más débilmente, cuando terminaron de cocinar un plato de vegetales y arroz. Alistair telefoneó a Nella y ella respondió. Puso el altavoz del teléfono.

—¿Quién llama? —respondió malhumorada.

—Soy Alistair, señorita Rossi. Llamo para decirle que Amy y Dan están aquí conmigo y...

—¿Están a salvo?

—¡Estamos bien, Nella! —gritó Amy.

—Iré a buscarlos.

—No será necesario. El tiempo...

—¡El tiempo es lo de menos! ¿Dónde estáis?

—Nella, estamos en una isla. Volveremos mañana por la mañana —explicó Amy, que había notado lo muy preocupada que estaba la niñera—. Sentimos no haberte dejado una nota.

—Podría decir que, una vez más, me habéis vuelto completamente neurótica durante todo un día. Voy a buscaros ahora mismo.

—Señorita Rossi, Nella, me temo que vas a tener que esperar hasta mañana a primera hora —repitió Alistar a regañadientes—. Te juro que yo mismo te llevaré a los niños.

—No hace falta. Estaré ahí mismo mañana por la mañana.

Después de que Alistair le indicase cómo llegar, le asegurase que les había dado de comer y de que Dan se quejase por la triste ausencia de un postre, Nella les dio las buenas noches de mala gana y les dijo que los vería al día siguiente, temprano.

—Muy bien, creo que ha sido un día muy largo y va siendo hora de que nos retiremos —sugirió Alistair, con su estilo tan formal—. Aquí estaréis a salvo esta noche.

Unos minutos después, Amy se sintió segura acurrucada en un edredón de algodón. Para dormir, Alistair había prestado una de sus suaves camisetas blancas a cada uno de los niños, porque la ropa que ellos llevaban aún olía a pescado y sal. El viento y la lluvia habían cesado, y una fresca brisa se colaba por la ventana. Amy se quedó dormida escuchando el suave murmullo de las palmeras. A lo lejos, un motor resonaba en la oscuridad del mar. Estaba tan cansada que deseó no soñar con nada.

Al principio pensó que seguía oyendo el susurro de las hojas de los árboles. Era un ruido muy suave. Dio media vuelta y sintió que comenzaba a quedarse dormida. Aún olía el humo de cuando hicieron la cena...

Se incorporó. Ahora lo olía perfectamente. Además, también veía las espirales de humo que se rizaban a la luz de la luna.

El pánico se apoderó de ella. Pero no podía moverse. Estaba viendo otra noche, otro tiempo.

Fuego. Amy, llorando, baja la escalera de la casa. Su madre la lleva de la mano.

—¡Saca a los niños de aquí! —grita su padre desde el estudio. Está tirando libros de la estantería en busca de algo.

—¡Papá! —exclama ella, extiende los brazos y se detiene durante un segundo.

—Cariño —le dice—, ve con mamá.

—¡No! —solloza mientras su madre la empuja a la calle—. ¡No! ¡Papá!

—¡Arthur! —grita su madre, que continúa con Amy y Dan.

Siente el frío aire de la noche y la humedad del césped en sus piernas desnudas. Su madre se inclina hacia ella y le coge la cara con las manos.

—Mírame —le dice, tal como hace siempre que quiere que Amy

escuche con atención—. Cuida de tu hermano. Te quiero. —Amy grita y le suplica que vuelva, pero su madre regresa corriendo a la casa en llamas.

Estaba reviviendo el recuerdo tan intensamente que sólo cuando comenzó a toser, se dio cuenta de que aquello no era totalmente un sueño. ¡La casa estaba ardiendo!

Alistair apareció en la entrada. Amy vio las sombras de las llamas bailando en su rostro, lo que le causó escalofríos por todo el cuerpo.

«Alistair también estaba allí aquella noche.»

Llevaba toallas húmedas en las manos, igual que su madre había hecho hacía tanto tiempo. Cerró la puerta de la habitación y puso la toalla húmeda en la rendija. Después se inclinó hacia adelante, tosiendo.

Él estaba de pie al lado de la chimenea, su rostro en la sombra. La raya de sus pantalones parecía el filo de un cuchillo. Llevaba un traje gris y una corbata amarillo limón. Tosía educadamente.

—Vamos todos a tranquilizarnos. Sólo queremos lo que es nuestro.

Dan se sentó en la cama carraspeando. Al oírlo resollar, Amy reaccionó. Lanzó la sábana hacia un lado.

Alistair corrió hacia el muchacho y le colocó la toalla húmeda contra la cara. Lo rodeó con un brazo y lo dirigió a la ventana.

—¡Date prisa! —le gritó a Amy por encima del hombro.

Cuando llegó a la ventana, vio que el humo comenzaba a ascender desde el suelo. Miró atrás y vio la tenebrosa imagen del humo colándose entre las rendijas que rodeaban la puerta cerrada. Sería imposible escapar por ahí.

—El alféizar —dijo Alistair.

En la parte exterior de la ventana había un alféizar lo suficientemente amplio como para ponerse en pie sobre él. Oyó el ruido de los cristales rompiéndose al estallar la ventana de la habitación de al lado. Alistair se subió al antepecho y estiró un brazo para ayudar a Dan.

—Vamos. El viento se está llevando el humo hacia el otro lado. Aquí fuera podrás respirar mejor.

Dan salió junto a su primo. Tragó saliva al respirar aire fresco. Amy salió detrás de él. La pared de detrás de ella estaba caliente.

Miró hacia abajo. Allá a lo lejos vio los escombros de la obra. Bobinas de alambres retorcidos, cemento, clavos, un lío de barras oxidadas... No había ningún espacio al que poder saltar. Aunque sobreviviesen al salto, podrían morir clavándose algún objeto afilado. Dan tenía los pulmones constreñidos y cada vez respiraba con más dificultad. Las llamas rugían. Nadie acudiría a ayudarlos. No se oían sirenas.

—Voy a saltar —dijo Alistair—. Tal vez encuentre una escalera de pared o algo. Hallaré el modo de ayudaros a bajar.

—¡No puedes saltar! —exclamó Amy—. ¡Te matarás!

Él sonrió mientras acariciaba suavemente la mejilla de la niña.

—Es vuestra única salida.

Alistair se arrimó contra la pared. Miró hacia abajo tratando de encontrar un lugar despejado sobre el que saltar. No había ninguno.

—¡Espera! —Amy tiró de su manga—. ¡Mira!

—Irina —dijo Dan.

El humo se desvaneció y pudieron verla mejor. Corría hacia ellos rápida y enérgicamente. Llevaba una caña de bambú en la mano. Asombrados, vieron cómo enterraba la rama en el suelo y daba un salto tremendo hasta aterrizar en el techo.

Oyeron el suave ruido que hizo al caer. Amy se inclinó hacia afuera. Apenas pudo distinguir a Irina allí arriba. La mujer dejó caer la caña hacia el suelo y la aseguró contra el borde del tejado.

—¡¿Cuál era la palabra?! —les gritó—. ¿Deslizar? ¡Deslizaos por la pértiga! Uno a uno, no es demasiado fuerte.

—¿Podemos confiar en ella? —preguntó Alistair a Dan y Amy.

Amy fue quien respondió, fijando la mirada en el rostro decidido de Irina.

—Sí —respondió.

Dan fue el primero en bajar. Rodeó la rama con sus piernas y luego, medio deslizándose, medio trepando, llegó abajo. En cuanto alcanzó el suelo, Amy respiró profundamente, aliviada.

—Ahora tú, Amy —dijo Alistair.

Amy se dio la vuelta y colocó las manos sobre el poste. Miró a Irina, que estaba tumbada en el tejado, sujetando la caña fuertemente. Su rostro reflejaba un gesto de dolor. Amy pudo ver que tenía un dedo rojo e hinchado.

—Espera. Antes de irte —le pidió Irina—, coge esto.

Irina estiró un brazo y Amy lo alcanzó con el suyo. El collar de Grace cayó en la palma de su mano.

—Isabel ha vuelto a hacerlo —anunció Irina—. La primera vez, me marché. Pero ahora no lo haré. Esta vez no dejaré que se salga con la suya. Ahora... todo queda en vuestras manos, las tuyas y las de Dan. ¡Baja!

La fuerza de las palabras de Irina hizo que Amy reaccionase. Agarró la caña de bambú. La sintió muy caliente al contacto con su piel, pero se deslizó hacia abajo.

Miró a Alistair, que saludó a Irina y se agarró a la caña con un gesto de dolor en el rostro. Amy vio humo rodeando la rama, que comenzaba a quemarse. Alistair comenzó a descender y saltó al suelo cuando aún estaba a varios metros de altura.

Las llamas se apoderaron de la caña y, lentamente, se vino abajo. Amy, Dan y Alistair se apartaron de un salto, pues cayó a pocos centímetros de ellos.

—¡Hay que encontrar otra caña! —gritó Alistair.

Apartaron la mirada del edificio en llamas. Examinaron la zona frenéticamente, rebuscando entre los escombros. Dan corrió a inspeccionar la arboleda. Fuera a donde fuese, tenían que encontrar algo para salvar a Irina.

Ésta los observaba desde allí arriba. El tejado quemaba tanto que era una agonía estar allí de pie. El humo de su alrededor se desvaneció. Se sentía tan lejos de ellos... Aún estaban llenos de esperanza. No se habían dado cuenta de que era demasiado tarde.

Medio tejado se derrumbó en una ducha de chispas. El fuego seguía rugiendo, comiéndose las vigas de madera. Se echó a un lado.

Le quedaban pocos segundos, pero no le importaba. Ahora ya lo había salvado. Había salvado a su adorado niño.

«No, no a Nikolai. A Dan. A Dan y a Amy.»

Le costaba trabajo mantener la mente despejada. El humo le quemaba los ojos y la garganta. Era un esfuerzo enorme mantenerse de pie, pero seguiría haciéndolo.

Moriría siendo mejor persona de lo que fue durante su vida. No estaba demasiado mal para una ex espía de la KGB, y no digamos para una Cahill.

«Mira, aún están buscando una caña. Todavía tienen esperanzas de poder salvarme. Es bonito ver cosas así. Pobre Alistair, yo nunca le gusté, pero aquella noche en Seúl, él bajó la guardia y yo hice lo mismo, y compartimos un cuenco de *bibimbap*. Un solo cuenco, cada uno con su cuchara. Cada vez que mi cubierto chocaba sin querer con el suyo, me acusaba de flirtear con él. Finalmente, consiguió hacerme reír...»

Entonces, de repente, fue presa del pánico. ¿Estaba realmente dispuesta a morir? Había un modo de vivir que no era el suyo... Aunque tuvo la oportunidad de vivirlo. Con Nikolai y... otros cuantos. ¡Qué agonía era dejarlo pasar! Iba a dejar pasar la posibilidad. O el sueño.

«Espero que sepan que, para mí, vale la pena —pensó, observando a los hermanos Cahill—. Recordad lo que he dicho, niños. Tenedle miedo. Ahora todo queda en vuestras manos.»

El tejado crujió, rugió y se derrumbó. Irina gritó al verse caer y abrió los ojos. Quería que las estrellas fuesen su última visión.

CAPÍTULO 26

Amy y Dan se sentaron en la playa a la mañana siguiente, a observar la tranquilidad de las aguas tropicales. Habían pasado la noche más larga de sus vidas, incapaces de dormir, sentados, esperando el alba. Ahora observaban el horizonte con los ojos inyectados en sangre. Sus camisetas blancas estaban grises del humo y el hollín, y sus gargantas aún estaban secas y rasposas a pesar de haber bebido agua.

Sabían que Nella no tardaría en llegar en una lancha. Era importante abandonar la isla antes de que las autoridades llegasen. Alistair les había ordenado que se quedasen en la playa. No quería que viesen lo que quedaba de la casa, y ellos tampoco querían pensar en ello.

Él se había alejado y los dos hermanos entendían que quisiera estar solo. Irina había sido su enemiga, pero la conocía desde hacía mucho tiempo y tal vez quisiera guardarle luto.

La ex espía también había sido enemiga de ellos dos, pero esa noche les había salvado la vida.

Amy tocó el dragón de jade de su collar. ¿Por qué? ¿Cómo podía alguien, que para ella estaba llena de pura maldad, tener la bondad suficiente en su interior como para sacrificar su vida por la de ellos?

Aquella noche, alguien había robado el poema. Eso era todo lo que Alistair sabía. Se había despertado al oler el humo y lo primero que hizo fue buscar el papel inmediatamente. Todos sabían que tenía que ser Isabel. Alistair había oído el ruido de una moto de agua, pero no había conseguido ver nada.

Esa mañana encontraron la embarcación que, sin duda, había usado Irina. Un pequeño barco pesquero que le habría alquilado a alguien en el puerto.

Tenían los hechos, o al menos la mayoría de ellos. Lo que no podían asimilar eran sus sentimientos.

Lo único que Amy sabía con certeza era que tenía que contárselo a Dan. Tenía que decírselo ahora, antes de que Nella llegase. No podría resistir un día más como el anterior. Estaba dispuesta a enfrentarse a cualquier cosa, pero no podría hacerlo sin Dan.

Había estado muy equivocada y había estado muy acertada. Él había tenido mucho miedo durante la noche, pero no había perdido los papeles. En realidad, llevaba todo el tiempo comportándose así. Cuando el miedo la paralizaba, él seguía adelante. Él era más valiente que ella en muchos aspectos.

Él podía enfrentarse a todo.

—Si no te conté que papá y mamá habían sido asesinados, es porque tengo una buena razón —confesó ella titubeando—. No es que no confíe en ti. Es que no quería que lo supieras para que no me culpases.

Él le mostró un gesto inquisitivo.

—Aquella noche... la noche del incendio... Yo aún estaba despierta cuando llegó el grupo de desconocidos. Estaban hablando abajo. Me acerqué a la puerta y escuché, escondida. Preguntaban a papá y a mamá dónde habían estado una y otra vez. —Amy hizo una pausa y después las palabras le salieron de golpe—. Tenía miedo, así que entré corriendo en la habitación y una mujer me cogió en brazos. Era Isabel. Empezó a hablarme de los osos de peluche de mi camisón y yo le corregí. Le dije que eran koalas. Así es como lo descubrieron todos.

Dan movió la cabeza.

—¿Qué descubrieron?

—Que papá y mamá habían ido a Australia a investigar a Robert Cahill Henderson. Probablemente se imaginaron que habían encontrado algo. Porque más tarde, cuando salieron, Isabel dijo: «Le han seguido la pista hasta Australia. El tema tiene que quedar zanjado esta noche».

—¿Crees que es posible que hayan encontrado algo? ¿Y que eso era lo que papá estaba buscando?

—¿Qué hace uno cuando su casa se incendia? —preguntó Amy.

—Va a buscar aquello que más quiere, lo que es más valioso para uno. Así que mamá corrió a por nosotros y papá se quedó buscando aquello, fuera lo que fuese.

—Tal vez alguien prendiese fuego para ver qué pasaba. Tal vez las cosas se les fueron de las manos. ¡Pero no habrían incendiado la casa si yo no hubiera dicho que mamá y papá habían ido a Australia! ¡Si no hubiese sido una... sabelotodo! —Amy se tapó la cara con las manos. Los hombros le temblaban con los sollozos. Sentía que podría pasarse la vida llorando. Podría llorar su dolor y su pena, pero volverían a brotar y nunca pararían.

Dan se revolvió en su asiento.

—Amy ha perdido los estribos. Increíble.

La muchacha levantó la cabeza y se frotó los ojos con una mano.

—¿Qué?

—A ver si lo he entendido bien. ¿Dices que papá y mamá murieron porque tu pijama era de koalas?

—Bueno...

—Eso es una tontería. Nuestros padres murieron porque hubo un incendio en casa. Tú no encendiste el fuego. Eso lo hizo uno de nuestros queridos y adorados parientes. No seas boba. ¿Crees que si todo ha salido así es porque tú dijiste la palabra mágica? Estamos hablando de los Cahill. Lo habrían hecho pasase lo que pasase.

El tono de burla de la voz de Dan se llevó los temores de Amy. Si Dan la hubiese consolado y tranquilizado, se habría sentido mucho peor. El hollín aún manchaba su pálido rostro y parecía cansado, agotado, triste. Y lo más importante: honesto.

—Qué hermana más rara tengo... —dijo Dan.

Ella quería abrazarlo, pero sabía que lo sacaría de sus casillas, así que le dio un fuerte apretón en las rodillas. Sintió que su pesar comenzaba a desvanecerse. Dan solía ver las cosas con claridad. Si él pensaba que la culpa no era de ella... tal vez no lo fuese. Había dicho las palabras en voz alta, había sacado a relucir todos sus recuerdos y seguía de una pieza.

En realidad, la muchacha se dio cuenta de que era más bien al contrario: ahora era más fuerte.

—Irina dijo algo más en el túnel —continuó—. Me preguntó por qué mamá había vuelto a entrar en la casa. ¿Era sólo por papá? ¿Qué podría ser más importante que sus propios hijos?

—¿El destino del mundo? —bromeó Dan.

Pero su sonrisa desapareció cuando se encontró con la seriedad de los ojos verdes de Amy.

—El destino del mundo —repitió ella.

No dijeron nada durante un minuto. Parecía imposible

pensar justo en ese momento, frente al rosado horizonte que se difuminaba con el azul del mar. Era imposible pensar en el grandioso y enorme mundo que los rodeaba... y que dependía de ellos.

—Creo que ya sé lo que estaban buscando —dijo Dan—. El poema.

—Alistair lo robó —añadió ella—. Ahora todo tiene sentido. Anoche me acordé de que él estaba al lado de la chimenea. Mientras todo el mundo me miraba a mí, él miraba los libros.

—Donde ellos habían escondido el poema.

—Seguro que mamá y papá pensaban que el poema podría indicarles varias pistas —sugirió Amy—. Seguro que se sacrificaron para protegerlo.

—Si Alistair estaba allí aquella noche, es posible que tomase parte en el plan del incendio —opinó Dan.

—¡Alistair no!

—¿Por qué no? —preguntó Dan—. ¿Recuerdas lo que te dijo ayer? ¿Que cuando uno se juega tanto, está bien ser despiadado? No podemos decir que no fue él.

—Si al menos pudiésemos comprender el poema —deseó Amy—. Tiene que haber una pista escondida en él. Ojalá la respuesta me golpease la cabeza. Como el agua lo golpeaba ayer todo durante la tormenta...

Dan frunció el ceño y miró al mar. De repente, dio una palmada en la arena y comenzó a reír.

—¿Te has vuelto *troppo*? —preguntó Amy.

Dan se levantó de un salto y se agachó delante de su hermana.

—Es exactamente como la señorita Malarkey dijo. —Dan puso voz de falsete—. Clase, que no os asuste el lenguaje elaborado; vosotros buscad el significado.

—¿Y? —Amy agitó la mano en el aire—. Señorita Malarkey, sigo sin entenderlo.

—¡El poema! El tipo está deprimido, así que se va a la playa y allí empieza a llover, ¿no? Y le cae la lluvia en la cabeza.

—Hasta ahí lo entiendo.

—Pero eso le hace pensar. «Las olas cantaban la triste canción / que yo sabía o no, de corazón.» ¿De qué está hablando todo el tiempo? —Ante la expresión vacía de Amy, Dan señaló—: ¡Agua!

—¿El agua es la pista? —preguntó Amy—. ¿Así de fácil?

—Por eso el tipo estaba tan triste y tan contento consigo mismo —confirmó Dan—. Porque es fácil.

Amy frunció el ceño.

—Prometimos contárselo a Alistair.

—¿Incluso sabiendo que estaba en la casa aquella noche y que podría haber asesinado a nuestros padres? —preguntó Dan—. ¡Eso cambia las cosas!

—Anoche estaba dispuesto a saltar desde aquel alféizar para salvarnos.

—O para salvarse a sí mismo —respondió el muchacho—. Yo sugiero que esperemos hasta saber con certeza lo que pasó aquella noche.

—Silencio —dijo Amy, que había visto a Alistair acercándose a ellos. Su pijama de seda estaba manchado de hollín y tierra, y su cabello, totalmente despeinado.

De frente al ascendente sol, dijo:

—Hoy es un buen día. Estamos vivos.

Se veía triste y extraño, pensó Amy, con ese pijama de color rosa y su algodonado pelo. ¿Cómo podría ser un asesino? Pero Dan tenía razón. No podían entregarle una pista sin más. Todavía no.

Oyeron el vago sonido de un motor. Más allá del arrecife, un barco iba aproximándose. Vieron un brazo que los saludaba frenéticamente. Nella.

Alistair también saludó y caminó hasta la orilla.

Vieron cómo se le mojaban los pantalones del pijama con el agua del mar y cómo la brisa hacía bailar su pelo gris. Ese hombre al que tanto apreciaban, y en quien no podían confiar, saludaba a la niñera que estaban aprendiendo a querer... y en quien tampoco podían confiar.

—Las cosas se están complicando —dijo Dan.

—¡Ojalá pudiese recordar quién más estaba allí! —exclamó Amy—. Tal vez tenga más visiones en el futuro. No puedo soportar el no saber.

El rostro de Dan se puso serio.

—Tenemos que averiguar quién lo hizo realmente. Isabel causó el fuego, pero necesitamos saber quién más estaba allí.

—¿Y después qué? —preguntó Amy—. ¿Qué hacemos? ¿Llamamos a la poli? —Soltó una extraña risotada ahogada.

—No lo sé aún —respondió Dan—. Pero tendrán que pagar por ello.

—La venganza es algo tan... Cahill —opinó Amy.

—No es venganza —respondió Dan—. Es justicia.

Se miraron. Amy sintió la presencia de sus padres más cerca que nunca, y al fantasma de Irina diciéndoles: «Ahora... todo queda en vuestras manos».

Ella y Dan estaban juntos otra vez. No había secretos entre ellos y nunca volvería a haberlos. Amy sabía que él no lo dudaba: la confianza había vuelto a su mirada.

Y en esa triste mañana, sentados en una playa tropical, con unas ruinas todavía humeantes detrás de ellos y el último grito de Irina aún resonando en sus oídos, se hicieron una promesa el uno al otro sin mediar palabra. Un voto. No descansarían hasta descubrir a los asesinos de sus padres.

Habían comenzado la búsqueda de las 39 pistas por su abuela, pero iban a ganarla por sus padres: Arthur y Hope.

—Justicia —repitió Amy.

¿Quieres ser el primero en encontrar las 39 pistas?

Únete a la aventura y síguela en
www.the39clues.es

Cada uno de los 10 libros de esta colección te desvelará una de las pistas, pero si quieres ser el primero en descubrirlas TODAS y descubrir el secreto de la familia Cahill, ¡deberás resolver las misiones que te proponemos en la página web www.the39clues.es!

Regístrate y entra en el apartado MISIONES. Deberás descifrar enigmas, resolver pruebas y superar divertidísimos juegos.

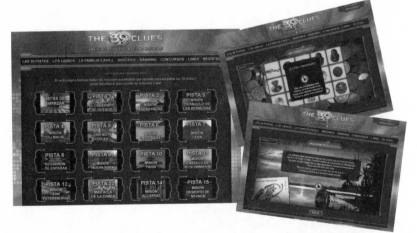

¡Sólo así conseguirás reunir las 39 pistas!

No te olvides de consultar la página web porque irás encontrando nuevas misiones...

¿Aceptas el desafío?

¡Tú también participas!

Leer es sólo el principio...

Con cada misión que superes y con cada pista que consigas... ¡ganarás puntos!

Acumula todos los puntos que puedas porque podrás ganar premios increíbles y **¡descifrar el gran misterio!**

¿Quieres jugar tú solo o prefieres invitar a tus amigos?

Puedes participar en dos competiciones a la vez: INDIVIDUAL o POR EQUIPOS.

Te damos la oportunidad de resolver tú solo las pistas o crear un equipo del que ¡tú serás el CAPITÁN! Si jugáis juntos, sumaréis los puntos de todos.

Los jugadores individuales y los equipos con mejores puntuaciones... **¡ganarán fantásticos premios!**

No te pierdas ningún título de la serie:

PRÓXIMAMENTE

PRUEBA
DE COMPRA
THE 39 CLUES
N° 6